PETRONII

CENA

TRIMALCHIONIS

XXVII.

XXVIII.

XXIX.

XXX.

Ex codice Traguriensi principium Cenae Trimalchionis:
Venerat iam tertius dies - - - - -

PETRONII

CENA

TRIMALCHIONIS

AD VSVM DISCIPVLORVM EDIDIT
HANS H. ØRBERG
ALIQVOT LOCIS OMISSIS

focus an imprint of
Hackett Publishing Company, Inc.
Indianapolis/Cambridge

Part of the
LINGVA LATINA
PER SE ILLVSTRATA
series

For further information on the complete series and new titles,
visit www.hackettpublishing.com.

Cena Trimalchionis

© 2005 Hans Ørberg
Domus Latina, Skovvangen 7
DK-8500 Grenaa, Danimarca

USA Edition
Reprinted with permission in 2014

Distributed by Hackett Publishing Co. by agreement with Domus Latina.

Previously published by Focus Publishing/R. Pullins Company

Focus an imprint of
Hackett Publishing Company, Inc.
P.O. Box 44937
Indianapolis, Indiana 46244-0937

www.hackettpublishing.com

ISBN 13: 978-1-58510-709-4

Printed in the United States of America.

23 22 21   4 5 6

The paper used in this publication meets the minimum requirements of
American National Standard for Information Sciences—Permanence of
Paper for Printed Library Materials, ANSI Z39.48–1984.

DE PETRONII *SATYRICON* LIBRIS

Italia   Tragurium

Librī *Satyricōn* quī nōminantur ā Petrōniō quōdam scrīptī sunt prīmō, ut vidētur, saeculō post Chrīstum nātum. Ex XVI ferē librīs plērīque iam prīdem periērunt, excerpta tantum aliquot ex ultimīs restābant ūsque ad annum 1650, namque eō annō Tragurii in oppidō Dalmatiae inventus est cōdex vetus quō ferē integer servātur Petrōnii liber XV. Ille liber est dē cēnā excellentī quam Trimalchiō, lībertīnus pecūniōsus atque indoctus, familiāribus suīs dat.

In excerptīs quae servāta sunt Encolpius quīdam, adulēscēns satis ēloquēns et perītus, sed temerārius atque īnsolēns, suōs et sociōrum cāsūs et errōrēs nārrat.

Dē auctōre Petrōniō nihil compertum habēmus. Incertum est an īdem sit ac Petrōnius ille quī ob mōrēs urbānōs atque ēlegantēs inter familiārēs imperātōris Nerōnis acceptus est atque 'ēlegantiae arbiter' nōminātus, tum vērō ab inimīcō perduelliōnis accūsātus et ad mortem coāctus annō 66 p. C. Haec nārrat Tacitus historicus in *Annālium* librō XVI, cap. 18-19.

Nostra ēditiō *Cēnae Trimalchiōnis* ita apparāta est ut notīs in margine pāginārum scrīptīs vel imāginibus explānentur vocābula quae nōn reperiuntur in cap. I–XLVII eōrum librōrum quibus titulus est LINGVA LATINA PER SE ILLVSTRATA. Porrō in extrēmō librō posita sunt *indicēs* quibus nōmina et vocābula nova quaerī possunt.

Petrōnius -ī *m*
Satyrica -ōrum *n pl* < satyrī, diī silvārum ferōcēs; Satyricōn = -ōrum *gen pl (Gr)*
excerptum -ī *n* = pars librī excerpta

Tragurium -ī *n* (hodiē *Trogir*)
Dalmatia -ae *f*, regiō Illyricī
cōdex -icis *m* = liber manū scrīptus quī ē pāginīs colligātīs cōnstat
excellēns -entis = ēgregius
Trimalchiō -ōnis *m*
familiāris -is *m* = amīcus

ēloquēns -entis *adi* = quī bene loquitur

compertum (*part* < comperīre) habēre = certō scīre

ēlegāns -antis *adi* = quī luxū et arte urbānā placet
ēlegantia -ae *f* < ēlegāns
arbiter -trī *m* = quī dē rē dēcernit s. iūdicat, iūdex

Tacitus -ī *m*, nātus ±55 p. C., opera: *Historiae* et *Annālēs*
s. *Ab excessū Dīvī Augustī*
excessus -ūs *m* (< excēdere) = mors
ēditiō -ōnis *f* (< ē-dere) = liber ēditus (librum ēdere : multīs legendum dare)
margō -inis *f* = ōra, extrēma pars

porrō *adv* = ad hoc, praetereā
index -icis *m*

3

PERSONAE

nārrātor -ōris *m* = quī nārrat

ENCOLPIVS, adulēscēns, nārrātor.

Ascyltos -ī *m, acc* -on

ASCYLTOS, adulēscēns, amīcus Encolpiī.

Gītōn -onis *m, acc* -ona

GITON, puer.

Agamemnōn -onis *m*
rhētor -oris *m* = magister
dīcendī
Menelāus -ī *m*
lībertus Pompēiī: lībertīnus
quondam servus Pompēiī

AGAMEMNON, rhētor.

MENELAVS, minister Agamemnonis.

C. POMPEIVS TRIMALCHIO, homō dīvitissimus, lībertus
Pompēiī cuiusdam.

fortūnātus -a -um (< fortūna)
= fēlīx
Habinnās -ae *m, voc* -ā
lapidārius -ī *m* = quī lapidēs
caedit et monumenta facit
Dāma -ae *m*
Diogenēs, Ganymēdēs -is *m*
Echīōn -onis *m*
Hermerōs, Nīcerōs, Philerōs
-ōtis *m*
col-lībertus -ī *m* = lībertus
eiusdem dominī

FORTVNATA, uxor Trimalchiōnis.

HABINNAS, lapidārius, amīcus Trimalchiōnis.

SCINTILLA, uxor Habinnae.

Cēterī convīvae: DAMA, DIOGENES, ECHION, GANYME-
DES, HERMEROS, NICEROS, PHILEROS, PROCVLVS,
SELEVCVS, collībertī Trimalchiōnis.

SERVI.

colōnia -ae *f* = cīvitās ā Rō-
mānīs condita, cui praefectī
sunt II *aedīlēs* et II *praetōrēs*
s. *duovirī (iūre dīcundō)*
aedīlis -is *m*
praetor -ōris *m*
duo-vir -ī *m*

LOCVS

Domus Trimalchiōnis in colōniā quādam Campāniae,
fortasse Puteolīs.

4

CENA TRIMALCHIONIS

[EX PETRONII *SATYRICON* LIBRO XV]

[In parte librī praecēdentī, quae periit, haec ferē nārrāta esse videntur:

Encolpius et Ascyltos, amīcī adulēscentulī, quī ūnā cum Gītone puerō iter in Italiā faciēbant, in quādam colōniā Campāniae rhētorem Agamemnonem convēnerant, quōcum ad 'līberam cēnam' vocātī erant apud Trimalchiōnem, lībertīnum dīvitissimum atque lautissimum.

Intereā amīcī in quōdam tumultū pulsātī atque cōnfossī erant. Itaque, cum nova 'procella' iīs imminēre vidērētur, fugere mālēbant quam in oppidō morārī.]

26 Vēnerat iam tertius diēs, id est expectātiō līberae cēnae, sed tot vulneribus cōnfossīs fuga magis placēbat quam quiēs.

Itaque cum maestī dēlīberārēmus, quōnam genere praesentem ēvītārēmus procellam, ūnus servus Agamemnonis interpellāvit trepidantēs et "Quid? vōs" inquit "nescītis hodiē apud quem fiat? – Trimalchiō, lautissimus homō, hōrologium in triclīniō et būcinātōrem habet subōrnātum, ut subinde sciat quantum dē vītā perdiderit!"

Amicīmur ergō dīligenter, oblītī omnium malōrum, et Gītona, libentissimē servīle officium tuentem, iubēmus in balneum sequī.

prae-cēdere ↔ sequī

adulēscentulus -ī *m* = adulēscēns (vix XX annōrum)

lībera cēna : cēna magnifica cui multī intersunt [?]
lautus -a -um = mundus, bellē ōrnātus, ēlegāns
cōn-fodere -iō -fōdisse -fossum = laedere, vulnerāre
procella : impetus

ex(s)pectātiō -ōnis *f* < ex(s)pectāre
sed *nōbīs*... placēbat

quō genere = quō modō
praesentem : imminentem
ē-vītāre = vītāre

nōs trepidantēs

fiat : *convīvium* fiat
hōrologium -ī *n* = īnstrūmentum quod hōrās mōnstrat
būcinātor -ōris *m* = cornicen
sub-ōrnāre = bellē vestīre
sub-inde = continuō

hōrologium

amicīre -uisse -ctum = vestīre

libenter, *sup* libentissimē
(officium) tuērī = cūrāre
in balneum : in balne*ās*

5

[Dē Trimalchiōne in balneō]

iocārī = iocōsē loquī
circulus -ī *m* = orbis, hominēs
in orbe stantēs; circulīs accēdere = ad circulōs a.
calvus -a -um = quī capillō
caret; ↔ capillātus -a um
russeus -a -um = ruber
erat operae pretium (: praemium) : spectandī erant
soleātus -a -um = *soleās*
(calceōs levēs) gerēns
prasinus -a -um: quō colōre
est herba nova
amplius = plūs (: rūrsus)
follis -is *m* = saccus
suf-ficere = dare quod deest
spadō -ōnis *m* = vir cui *testiculī* dēmptī sunt

solea
-ae *f*

vibrāre = celeriter hūc illūc
movērī
dē-cidere -disse < -cadere

lautitia -ae *f* = rēs lauta

cubitum pōnere : accumbere

cubitum
-ī *n*

con-crepāre -uisse = strepitum facere (digitīs)

sub-icere +*dat* = pōnere sub
ex-onerāre ↔ implēre
poscere poposcisse

paululum = paulum
a(d)-spergere -sisse -sum
tergēre -sisse -sum
nimis longum erat (: *esset*)
ex-cipere (< -capere) : notāre
cal-facere = calidum facere
mōmentum -ī *n* < movēre; m.
temporis = breve tempus
aquam frīgidam
exīmus = ex*ii*mus (*perf*)

⟨*⟩ Nōs interim vestītī errāre coepimus, immō iocārī 27
magis et circulīs lūdentium accēdere, cum subitō vidēmus
senem calvum, tunicā vestītum russeā, inter puerōs capil-
lātōs lūdentem pilā. Nec tam puerī nōs (quamquam erat
operae pretium!) ad spectāculum dūxerant quam ipse
pater familiās, quī soleātus pilā prasinā exercēbātur. Nec
amplius eam repetēbat quae terram contiġerat, sed follem
plēnum habēbat servus sufficiēbatque lūdentibus.

Notāvimus etiam rēs novās: nam duo spadōnēs in dī-
versā parte circulī stābant, quōrum alter matellam tenēbat
argenteam, alter numerābat pilās – nōn
quidem eās quae inter manūs... vibrābant, sed eās quae in terram dēcidēbant.

matella -ae *f*

Cum hās ergō mīrārēmur lautitiās, accurrit Menelāus et
"Hic est" inquit "apud quem cubitum pōnētis, et quidem
iam prīncipium cēnae vidētis."

Et iam nōn loquēbātur Menelāus, cum Trimalchiō digitōs concrepuit, ad quod signum matellam
spadō lūdentī subiēcit. Exonerātā
ille vēsīcā aquam poposcit ad
manūs, digitōsque paululum ad-
spersōs in capite puerī tersit.

rēnēs
-ium
m pl

vēsīca
-ae *f*

testiculī
-ōrum *m pl*

Longum erat singula excipere. Itaque intrāvimus bal- 28
neum, et sūdōre calfactī mōmentō temporis ad frīgidam
exīmus.

6

Iam Trimalchiō unguentō perfūsus
tergēbātur, nōn linteīs, sed palliīs ex
lānā mollissimā factīs. Trēs interim
iātralīptae in cōnspectū eius Falernum
pōtābant, et cum plūrimum rīxantēs effunderent, Trimalchiō 'hoc suum propīn esse' dīcēbat.

Hinc, involūtus coccinā gausapā, lectīcae impositus est,
praecēdentibus phalerātīs cursōribus quattuor et chīra-
maxiō in quō dēliciae eius vehēbantur,
puer vetulus, lippus, dominō Trimalchiōne dēfōrmior. Cum ergō auferrētur, ad
caput eius symphōniacus cum minimīs
tībiīs accessit et, tamquam in aurem aliquid sēcrētō dīceret, tōtō itinere cantāvit.

[Dē domō Trimalchiōnis]

Sequimur nōs, admīrātiōne iam saturī, et cum Aga-
memnone ad iānuam pervenīmus, in cuius poste libellus
erat cum hāc īnscrīptiōne fīxus: *Quisquis servus sine do-
minicō iussū forās exierit accipiet plāgās centum.*

In aditū autem ipsō stābat ōstiārius prasinātus, cerasinō
succīnctus cingulō, atque in lance argenteā pīsum pūrgā-
bat. Super līmen autem cavea pendēbat aurea, in quā pīca
varia intrantēs salūtābat.

unguentum
-ī *n*

linteum -ī *n* = vestis ad
  corpus tergendum
iātralīptēs -ae *m* = quī corpus
  cūrat premendō ac pulsandō
rīxārī (< rīxa) = certāre
propīn *n indēcl* = pōtiō quae
  ante cēnam sūmitur
in-volvere -visse -volūtum =
  veste circumdare, vestīre
coccinus -a -um = ruberrimus
gausapa -ae *f* = pallium ē lānā
phalerātus -a -um < *phalerae*
cursor -ōris *m* = quī currit
chīramaxium -ī *n* = parvus
  currus quī manū trahitur
vetulus -a -um = vetus
lippus -a -um = cui oculī aegrī
  (ūmidī, turgidī) sunt

symphōniacus -ī *m* = quī cum
  aliīs canit (< *symphōnia* -ae
  f = cantus multōrum)

sēcrētō *adv* = ita ut nōn audi-
  ātur ab aliīs, clam

phalerae
-ārum
f pl

postis
-is *m*

satur -ra -rum = quī satis
  habet (cibī)
libellus : charta

dominicus -a -um < dominus
iussus -ūs *m* < iubēre
plāga -ae *f; pl* = verbera

cingulum
-ī *n*

pīsum -ī *n*

putāmen
-inis *n*

cerasum -ī *n*

lanx
lancis *f*

cavea
-ae *f*

pīca
-ae *f*

aditus -ūs *m* (< ad-īre) ↔ exitus
prasinātus -a -um = prasinā
  veste indūtus
cerasinus -a -um < *cerasum*
suc-cingere = cingere
pīsum (: pīsa) pūrgāre : ē
  putāmine dēmere
varius : variīs colōribus

7

re-supīnāre = recumbentem
facere, ad terram iacere
cella -ae *f* = locus in domō
intrā quattuor parietēs
pariēs -etis *m* = mūrus quī
domum dīvidit
littera quadrāta: A B C D E...
collēgae : sociī, amīcī
rīdēre rīsisse
spīritus -ūs *m* < spīrāre
persequī *oculīs* : spectāre
vēnālicium -ī *n* = locus in
forō ubi servī vēneunt

cādūceum:
virga Mercuriī

quem-ad-modum = quōmodo
ratiōcinārī = computāre
dispēnsātor -ōris *m* = quī
dominī negōtia cūrat
cūriōsus -a -um = dīligēns
pictor -ōris *m* = quī pingit
dēficiēns porticus : extrēma p.

mentum,
-ī *n*

tribūnal -ālis *n* = locus superior cum sēde honōrificā
ex-celsus -a -um = celsus
eum rapiēbat
praestō (*adv*) esse = adesse
abundāns -antis = plēnissimus
Parcae, trēs deae quae fīlum
vītae hūmānae torquent
torquēre -sisse -tum = circum
vertere (fīlum facere ē lānā)
pēnsum = opus faciendum

angulus -ī *m*

grandis -e = magnus
aedicula -ae *f* = parva aedēs
(: locus sacer) domestica
Lār Laris *m*, deus quī focum
(domum) et familiam tuētur

pusillus -a -um = exiguus

con-dere = dēpōnere
ātriēnsis -is *m* (< ātrium) =
servus cēterīs praefectus
pictūra -ae *f* = imāgō picta
Īlias -adis, Odyssīa -ae *f* (*acc*
-a, -an), Homērī carmina

Cēterum ego, dum omnia stupeō, paene resupīnātus 29
crūra mea frēgī: Ad sinistram enim intrantibus, nōn longē
ab ōstiāriī cellā, canis ingēns catēnā vīnctus in pariete erat
pictus, superque quadrātā litterā scrīptum: CAVE CANEM.
Et collēgae quidem meī rīsērunt; ego autem, collēctō spī-
ritū, nōn dēstitī tōtum parietem persequī. Erat autem vēnālicium cum titulīs pictum, et ipse Trimalchiō capillātus
cādūceum tenēbat Minervāque dūcente Rōmam intrābat.
Hinc, quemadmodum ratiōcinārī didicisset, deinque dispēnsātor factus esset, omnia
dīligenter cūriōsus pictor cum
īnscrīptiōne reddiderat. In dē-
ficiente vērō iam porticū
mentō levātum in tribūnal
excelsum Mercurius rapiēbat.
Praestō erat Fortūna cum
cornū abundantī et trēs Parcae
aurea pēnsa torquentēs.

Fortūna dea — cornū cōpiae (abundāns)

Parcae -ārum *f pl*

Notāvī etiam in porticū gregem cursō-
rum cum magistrō sē exercentem. Praetereā grande armārium in angulō vīdī, in
cuius aediculā erant Larēs argenteī positī
Venerisque signum marmoreum et pyxis
aurea nōn pusilla, in quā barbam ipsīus
conditam esse dīcēbant.

Interrogāre ego ātriēnsem coepī 'quās in
mediō pictūrās habērent?' "Īliada et Odys-

aedicula

armārium -ī *n*

pyxis -idis *f*

8

sīan" inquit "ac Laenātis gladiātōrium mūnus." ... ⟨*⟩

30   Nōs iam ad triclīnium pervēnerāmus, in cuius parte prīmā prōcūrātor ratiōnēs accipiēbat. Et quod praecipuē mīrātus sum: in postibus triclīniī fascēs erant cum secūribus fīxī, quōrum īmam partem quasi embolum nāvis aēneum fīniēbat, in quō erat scrīptum:

C. POMPEIO TRIMALCHIONI

SEVIRO AVGVSTALI

CINNAMVS DISPENSATOR

Sub eōdem titulō et lucerna bilychnis dē camerā pendēbat, et duae tabulae in utrōque poste dēfixae erant, quārum altera – sī bene meminī – hoc habēbat īnscrīptum:

III ET PRIDIE KALENDAS IANVARIAS

C. NOSTER FORAS CENAT

altera lūnae cursum stēllārumque septem imāginēs pictās; et quī diēs bonī quīque incommodī essent distinguente bullā notābantur.

Hīs replētī voluptātibus cum cōnārēmur intrāre, exclāmāvit ūnus ex puerīs, quī super hoc officium erat positus: "Dextrō pede!" Sine dubiō paulisper trepidāvimus, nē contrā praeceptum aliquis nostrum līmen trānsīret. Cēterum ut pariter mōvimus dextrōs gressūs, servus nōbīs dēspoliātus prōcubuit ad pedēs ac rogāre coepit 'ut sē poenae ēriperēmus: nec magnum esse peccātum suum, propter quod perīclitārētur: subducta enim sibi vestīmenta dispēnsātōris in balneō, quae vix fuissent decem sēstertiōrum!'

Laenās -ātis *m*, aedīlis quīdam
mūnus = spectāculum quod populō datur (ab aedīlī)
prōcūrātor -ōris *m* = quī prō alterō negōtia cūrat
ratiō -ōnis *f* = computandī negōtium

embolum -ī *n* = rōstrum nāvis

aēneus -a -um = aereus

sē-vir Augustālis: ūnus ē sex virīs quibus officium est sacrificia facere Augustō prīncipī Rōmānō; sēvirō anteit līctor cum fascibus
bilychnis -e: lucerna b. = quae duās flammās habet
camera -ae *f* = tēctum arcuātum

lucerna bilychnis

III (tertiō) kal. = a. d. III kal.
forās = forīs

bulla -ae *f* =
nota arcuāta

in-commodus -a -um : īnfēlīx
di-stinguere = mōnstrāre dīvidendō ab aliīs
bullā *suō quāque colōre* notāre = notā significāre
re-plēre -vīsse -tum = implēre
voluptās -ātis *f* = dēliciae, rēs iūcunda

dubium -ī *n:* sine dubiō = certē

praeceptum -ī *n* = imperium

gressus -ūs *m* = gradus;
(dextrōs) gressūs : pedēs
dē-spoliāre = spoliāre
(↔ vestīre)
poenae (*dat*) ēripere = poenā līberāre
perīclitārī = in perīculō esse
sub-dūcere = surripere
decem sēstertiōrum *pretiī*

9

precārium -ī *n* [?]
dē-precārī = precārī (nē quid fīat)
re-mittere ↔ poscere
neglegentia -ae *f* < neglegēns
cubitōrius -a -um (< cubāre) = ad accubandum
nātālis -e < nātus; *m* = diēs n.
cliēns -entis *m* = vir pauper dīvitī subiectus
Tyria : ex purpurā Tyriā
lōtus = lautus (*part* < lavāre)
dōnō vōbīs eum : ignōscō eī vestrā grātiā
ob-ligāre = grātum facere

spissus -a -um = frequēns
im-pingere -pēgisse -pāctum = imprimere
hūmānitās -ātis *f* < hūmānus
summa -ae *f* ↔ pars; ad summam : omnīnō, plānē
ministrātor -ōris *m* = quī convīvīs *ministrat* (= servit)

figūra -ae *f* = fōrma

1. Trimalchiō
2. Agamemnōn
3. Hermerōs
4. Encolpius
5. Ascyltos
6. Habinnās
7. Scintilla et Fortūnāta
8. Proculus
9. Diogenēs

gustātiō -ōnis *f* (< gustāre) = prīma cēna
Alexandrīnus -a -um < Alexandrīa, urbs Aegyptī
nivātus -a -um < nix
īn-fundere

subtīlitās -ātis *f* = dīligentia, cūra
ob-iter = ad hoc, simul

Rettulimus ergō dextrōs pedēs dispēnsātōremque in precāriō aureōs numerantem dēprecātī sumus 'ut servō remitteret poenam.' Superbus ille sustulit vultum et "Nōn tam iactūra mē movet" inquit "quam neglegentia nēquissimī servī. Vestīmenta mea cubitōria perdidit, quae mihi nātālī meō cliēns quīdam dōnāverat – Tyria sine dubiō, sed iam semel lōta. Quid ergō est? Dōnō vōbīs eum."

Obligātī tam grandī beneficiō cum intrāssēmus triclī- 31 nium, occurrit nōbīs ille īdem servus prō quō rogāverāmus, et stupentibus spissisissima bāsia impēgit grātiās agēns hūmānitātī nostrae. "Ad summam, statim sciētis" ait "cui dederitis beneficium. Vīnum dominicum ministrātōris grātia est."

Figūra triclīniī

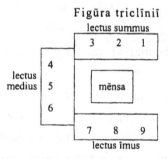

	lectus summus		
	3	2	1
lectus medius	4		
	5	mēnsa	
	6		
	7	8	9
	lectus īmus		

1. summus in summō
2. medius in summō
3. īmus in summō
4. summus in mediō
5. medius in mediō
6. īmus in mediō
7. summus in īmō
8. medius in īmō
9. īmus in īmō

[*Discumbunt convīvae. Gustātiō affertur*]

Tandem ergō discubuimus, puerīs Alexandrīnīs aquam in manūs nivātam īnfundentibus aliīsque īnsequentibus ad pedēs ac parōnychia cum ingentī subtīlitāte tollentibus. Ac nē in hōc quidem tam molestō tacēbant officiō, sed obiter cantābant! ...

parōnychium -ī *n*

10

Allāta est tamen gustātiō valdē lauta (nam iam omnēs discubuerant praeter ūnum Trimalchiōnem, cui locus novō mōre prīmus servābātur). Cēterum in prōmulsidārī asellus erat Corinthius cum bisacciō positus, quī habēbat olīvās in alterā parte albās, in alterā nigrās. Tegēbant asellum duae lancēs, in quārum marginibus nōmen Trimalchiōnis īnscrīptum erat et argentī pondus. Ponticulī etiam ferrūminātī sustinēbant glīrēs melle ac papāvere sparsōs. Fuērunt et tomācula ferventia suprā crātīculam argenteam posita, et īnfrā crātīculam Syriaca prūna cum grānīs Pūnicī mālī.

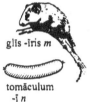

glīs -īris *m*

tomāculum
-ī *n*

prūnum
-ī *n*

mālum
Pūnicum

servāre (+ *dat*) = integrum/parātum servāre/tenēre
prōmulsidāre -is *n* = tabula in quā gustātiō appōnitur
asellus -ī *m* = parvus asinus
Corinthius = ex aere Corinthiō
bisaccium -ī *n* = duo saccī coniūnctī

olīva
-ae *f*
ex olīvīs fit *oleum* -ī *n*

ponticulus -ī *m* = parvus pōns

ferrūmināre = fīgere metallō mollītō
papāver : sēmen papāveris

fervēns -entis = calidissimus
crātīcula -ae *f* = parva crātis

Syriacus -a -um < Syria
grānum -ī *n* = sēmen

[Trimalchiō accumbit mīrābiliter exōrnātus]

32 In hīs erāmus lautitiīs, cum ipse Trimalchiō ad symphōniam allātus est, positusque inter cervīcālia minūtissima expressit imprūdentibus rīsum. Palliō enim coccineō adrāsum exclūserat caput, circāque onerātās veste cervīcēs lāticlāviam immīserat mappam fimbriīs hinc atque illinc pendentibus. Habēbat etiam in minimō digitō sinistrae manūs ānulum grandem subaurātum, extrēmō

cervīx -īcis *f*

mappa
-ae *f*

fimbriae
-ārum *f pl*

cervīcal
-ālis *n*

minūtus -a -um = parvus
ex-primere -essisse -essum;
expressit... rīsum: nōs imprūdentēs rīdēre coēgit
ex palliō coccineō (= coccinō)
(ad-)rādere -sisse -sum = cultrō capillum/barbam tollere
ex-clūdere -s- ↔ in-clūdere
cervīcēs -um *f pl* = cervīx
lāticlāvius -a -um < lātus *clāvus* -ī *m*: līnea purpurea quā ōrnātur tunica senātōris
im-mittere = impōnere
mappa -ae *f* = linteum (ad tergendum ōs et manūs)

sub-aurātus -a -um = aurātus

11

articulus -ī *m*: singulī digitī ternōs articulōs habent

articulus

colere -uisse cultum = ōrnāre

pinna -ae *f* = penna
per-fodere -iō -fōdisse -fossum = pūrgāre
suāvis -e = dulcis, iūcundus
morae (*dat*) esse = moram afferre
lūsus -ūs *m* < lūdere
terebinthinus -a -um < *terebinthus* -ī *f*, arbor Syriaca
crystallinus -a -um < *crystallum* -ī *n*, māteria dūra similis glaciēī
dēlicātus -a -um = lautus
tessera -ae *f*; calculus -ī *m*

dēnārius aureus = aureus -ī *m*

gustāre = gustātiōnem ēsse
repositōrium -ī *n* = mēnsa s. tabula in quā cibus affertur

corbis -is *f*

in-cubāre (ōva : ōvīs)

strepere = strepitum facere
scrūtārī = īnspicere
ē-ruere -ruisse -rutum = prōmere ē locō occultō
pāvōnīnus -a -um < *pāvō*

sup-pōnere +*dat* < sub-pōnere
me-herculēs! = mehercule!
con-cipere -cēpisse -ceptum: ōvum c. = pullum facere
sorbilis -e = quī bibī potest
sī... sunt = an... sint
sē-lībra -ae *f* = lībra dīmidia
pendere = pondus habēre
farīna -ae *m*: ē farīnā fit pānis; f. pinguis : oleō mixta
pinguis -e = crassus
figūrāre (< figūra) = cōnficere
per-tundere = percutere

vērō articulō digitī sequentis minōrem, ut mihi vidēbātur, tōtum aureum, sed plānē ferreīs velutī stēllīs ferrūminātum. Et nē hās tantum ostenderet dīvitiās, dextrum nūdāvit lacertum armillā aureā cultum ...

Ut deinde pinnā argenteā dentēs perfōdit, "Amīcī!" in- 33 quit, "Nōndum mihi suāve erat in triclīnium venīre, sed nē diūtius absēns morae vōbīs essem, omnem voluptātem mihi negāvī. Permittitis tamen fīnīrī lūsum?"

Sequēbātur puer cum tabulā terebinthinā et crystallinīs tesserīs, notāvīque rem omnium dēlicātissimam: prō calculīs enim albīs ac nigrīs aureōs argenteōsque habēbat dēnāriōs.

tabula

tesserae

calculī

Interim, ... gustantibus adhūc nōbīs, repositōrium allātum est cum corbe in quō gallīna erat lignea patentibus in orbem ālīs, quālēs esse solent quae incubant ōva. Accessēre continuō duo servī, et symphōniā strepente scrūtārī paleam coepērunt, ērutaque subinde pāvōnīna ōva dīvīsēre convīvīs.

gallīna -ae *f*

palea -ae *f*

pāvō -ōnis *m*

Convertit ad hanc scaenam Trimalchiō vultum, et "Amīcī!" ait, "Pāvōnis ōva gallīnae iussī suppōnī, et meherculēs timeō nē iam concepta sint! Temptēmus tamen, sī adhūc sorbilia sunt."

cochlear -āris *n*

Accipimus nōs cochleāria nōn minus sēlībrās pendentia, ōvaque − ex farīnā pinguī figūrāta − pertundimus. Ego quidem paene prōiēcī partem

12

meam, nam vidēbātur mihi iam in pullum coīsse. Deinde, ut audīvī veterem convīvam: "Hīc nesciō quid bonī dēbet esse," persecūtus putāmen manū, pinguissimam fīcēdulam invēnī piperātō vitellō circumdatam.

co-īre (< con-); in pullum co-iisse : pullus factus esse
nesciō quid = aliquid
dēbet esse = certē est

piperātus -a -um <*piper* -eris n;
cum pipere et sale gustantur ōva (carō, holera, cēt.)
vitellus -ī m: ōvum dīviditur in album et vitellum

fīcēdula -ae f

34 Iam Trimalchiō eadem omnia, lūsū intermissō, poposcerat, fēceratque potestātem clārā vōce 'sī quis nostrum iterum vellet mulsum sūmere', cum subitō signum symphōniā datur et gustātōria pariter ā chorō cantante rapiuntur.

potestātem facere = occāsiōnem dare
mulsum -ī n = vīnum melle mixtum
gustātōrium -ī n=prōmulsidāre
chorus -ī m = grex canentium

Cēterum inter tumultum cum forte paropsis excidisset et puer iacentem sustulisset, animadvertit Trimalchiō, colaphīsque obiūrgārī puerum ac prōicere rūrsus paropsidem iussit. Īnsecūtus est supellecticārius, argentumque inter reliqua pūrgāmenta scōpīs coepit verrere!

paropsis -idis f = lanx argentea
ex-cidere -disse < -cadere

colaphus -ī m = plāga pugnī
ob-iūrgāre = pūnīre
supellecticārius -ī m = servus quī domum ōrnandam cūrat
pūrgāmentum -ī n = sordēs, rēs sordida quae abicitur
verrere = scōpīs ūtī

scōpae -ārum f pl

Subinde intrāvērunt duo Aethiopēs capillātī cum pusillīs utribus (quālēs solent esse quī arēnam in amphitheātrō spargunt), vīnumque dedēre in manūs – aquam enim nēmō porrēxit...

Aethiops -opis m < Aethiopia, Āfricae pars interior
uter utris m = saccus quō continētur māteria *liquida* (ut aqua/vīnum/lac/oleum)
arēna -ae f = solum amphitheātrī; *aquā* spargunt
por-rigere -rēxisse -rēctum = offerre (manū extendendā)

[*Vīnum centum annōrum*]

Statim allātae sunt amphorae vitreae dīligenter gypsātae quārum in cervīcibus pittacia erant affīxa cum hōc titulō:

FALERNVM OPIMIANVM
ANNORVM CENTVM

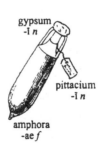

gypsum -ī n
pittacium -ī n
amphora -ae f

vitreus -a -um < *vitrum* -ī n: māteria dūra per quam penetrat lūx
gypsāre = claudere *gypsō* (māteriā albā quae ūmida mollis siccāta dūra fit)
af-fīgere < ad-fīgere
Opīmiānus < Opīmius, cōnsul annō 121 a. C.

13

per-legere
com-plōdere -sisse -sum
  = plaudere (ma*nibus*)
ēheu! = heu!
homunciō -ōnis *m* = homō
tangomenas [?]
prae-stāre = praebēre, offerre

larva -ae *f*
aptāre = aptē cōnficere
vertebra -ae *f* = articulus tergī
laxāre ↔ fīgere

catēnātiō -ōnis *f* = catēnae
  similis fōrma
mōbilis -e = quī movērī potest
(figūrās) ex-primere : ef-
  ficere, ostendere

auferet : abstulerit

bene esse = bene sē habēre,
  valēre; bene est mihi = bene
  mē habeō
ferculum -ī *n* = cibus quī ōr-
  dine affertur (I, II, III...)
laudātiō -ōnis *f* < laudāre
prō expectātiōne = ut expec-
  tābātur
novitās -ātis *f* < novus
XII signa *caelestia*

dis-pōnere = variīs locīs (suō
  quidque locō) pōnere
strūctor -ōris *m* = quī (ex)struit

ariēs -etis *m*
cicer -eris *n*: pīsī genus vīle
arietīnus -a -um < ariēs; cicer
  a.um: arietīnō capitī simile

būbula -ae *f* = carō bovis
frustum -ī *n* = pars secta
  carnis

corōna
-ae *f*

cancer -crī *m*

Dum titulōs perlegimus, complōsit Trimalchiō manūs et "Ēheu!" inquit, "Ergō diūtius vīvit vīnum quam homunciō. Quārē *tangomenas* faciāmus! Vīnum vīta est. Vērum Opīmiānum praestō. Herī nōn tam bonum posuī – et multō honestiōrēs cēnābant."

Pōtantibus ergō nōbīs et lautitiās mīrantibus, larvam argenteam attulit servus sīc aptātam ut articulī eius vertebraeque laxātae in omnem partem flecterentur. Hanc cum super mēnsam semel iterumque abiēcisset, et catēnātiō mōbilis aliquot figūrās exprimeret, Trimalchiō adiēcit:

Ēheu nōs miserōs! Quam tōtus homunciō nīl est!

Sīc erimus cūnctī, postquam nōs auferet Orcus.

Ergō vīvāmus, dum licet esse bene!

[Ferculum prīmum: duodecim signa caelestia!]

Laudātiōnem ferculum est īnsecūtum, plānē nōn prō 35 expectātiōne magnum – novitās tamen omnium convertit oculōs: rotundum enim repositōrium duodecim habēbat signa in orbe disposita, super quae proprium convenientemque māteriae strūctor imposuerat cibum:

[1] super *Arietem:*
cicer arietīnum;

 Ariēs

[2] super *Taurum:*
būbulae frustum;

 Taurus

[3] super *Geminōs:*
testiculōs ac rēnēs;

 Geminī

[4] super *Cancrum:*
corōnam;

 Cancer

14

[5] super *Leōnem:*

fīcum Āfricānam;

 Leō

[6] super *Virginem:*

steriliculam;

 Virgō

[7] super *Lībram:*

statēram in cuius alterā parte

 Lībra

scriblīta erat, in alterā placenta;

[8] super *Scorpiōnem:*

pisciculum marīnum;

 Scorpiō

[9] super *Sagittārium:*

oclopetam;

 Sagittārius

[10] super *Capricornum:*

locustam marīnam;

 Capricornus

[11] super *Aquārium:*

ānserem;

 Aquārius

[12] super *Piscēs:*

duōs mullōs.

 Piscēs

In mediō autem caespes cum herbīs excīsus favum sustinēbat. Circumferēbat Aegyptius puer clībanō argenteō pānem.

caespes -itis *m*   favus -ī *m*

⟨*⟩ ...

Nōs ut trīstiōrēs ad tam vīlēs accessimus cibōs, "Suādeō" inquit Trimalchiō "cēnēmus! Hoc est iūs cēnae."

36   Haec ut dīxit, ad symphōniam quattuor tripudiantēs prōcurrērunt superiōremque partem repositōriī abstulē-

fīcus -ūs *f*

Āfricānus -a -um < Āfrica

sterilicula -ae *f* (< sterilis)
= *vulva* suis virginis; vulva
-ae *f* = venter suis fēminae
lībra/statēra -ae *f* = īnstrūmentum quō pondus statuitur
scriblīta -ae *f* = magna *placenta* mollis
placenta -ae *f* = pānis dulcis

scorpiō -ōnis *m*
pisciculus -ī *m* = parvus piscis
marīnus -a -um < mare
sagittārius -ī *m* = mīles quī arcum et sagittās gerit
oclopeta [?]

capricornus -ī *m*

locusta marīna

aquārius -ī *m* = quī aquam fert

ānser -eris *m*

mullus -ī *m:* genus piscis
ex-cīdere -disse -sum < ex + caedere
circum-ferre
Aegyptius -a -um < Aegyptus
clībanus -ī *m:* vās clausum in quō pānis calidus servātur

suādeō *ut* cēnēmus
iūs iūris *n* = (1) quod iūstum est; (2) pōtiō quae ex carne coctā parātur
tripudiāre = graviter saltāre

15

altilis -e = quī bene altus est,
pinguis; altilia -ium *n pl* =
gallī/gallīnae altilēs
sūmen -inis *n* = ūber suis

Pēgasus -ī *m*, equus ālātus
Marsyās -ae *m*, satyrus quī
tībiārum cantū cum Apol-
line certāvit
utriculus -ī *m* = parvus uter

garum -ī *n* = iūs amārum
quod parātur ex piscibus

eurīpus -ī *m* = fretum, fossa
aquae plēna
inceptum = coeptum

ēlēctus -a -um = ēgregius

eius-modī = tālis
methodium -ī *n* = ars mīrābilis
(carnem) carpere : secāre

scissor -ōris *m* = quī scindit
vel lacerat (: carnem secat)
gesticulārī = mōtū corporis
mōrēs alicuius imitārī
obsōnium -ī *n* = cibus (carō)
quī ad cēnam parātur
essedārius -a -um = ex *essedō*
pugnāns; *m* mīles e.
hydraulēs canit *hydraulō* (quī
aquā fluente clārē sonat)
in-gerere = identidem dīcere
nihil, *abl* nihilō; nihilō minus
adv = tamen

urbānitās -ātis *f* < urbānus
-*iēns* = -*iēs:* totiēns = totiēs,
quotiēns = quotiēs
ē-rubēscere -buisse; ego nōn
ērubuī = mē nōn puduit

ille: Hermerōs

quotiē(n)s-cumque = totiē(n)s
quotiē(n)s

---

lepus
-oris *m*

runt. Quō factō, vidēmus īnfrā altilia et sūmina leporemque in mediō pinnīs subōrnātum, ut Pēgasus vidērētur. Notāvimus etiam circā angulōs repositōriī Marsyās quattuor, ex quōrum utriculīs garum piperātum currēbat super piscēs, quī tamquam in eurīpō natābant.

Pēgasus

Marsyās

Damus omnēs plausum – ā familiā inceptum – et rēs ēlēctissimās rīdentēs aggredimur.

Nōn minus et Trimalchiō eiusmodī methodiō laetus "Carpe!" inquit.

Prōcessit statim scissor, et ad symphōniam gesticulātus ita lacerāvit obsōnium, ut putārēs essedārium hydraulē cantante pugnāre.

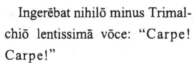

essedārius

essedum -ī *n*

Ingerēbat nihilō minus Trimalchiō lentissimā vōce: "Carpe! Carpe!"

Ego, suspicātus ad aliquam urbānitātem totiēns iterātam vōcem pertinēre, nōn ērubuī eum quī suprā mē accumbēbat hoc ipsum interrogāre.

hydraulēs
-ae *m/f*
abl -ē

hydraulus
-ī *m*

At ille, quī saepius eiusmodī lūdōs spectāverat, "Vidēs illum" inquit "quī obsōnium carpit: 'Carpus' vocātur. Itaque quotiēnscumque dīcit "Carpe!" eōdem verbō et vocat et imperat!"

16

[*Dē Fortūnātā, dē dīvitiīs Trimalchiōnis, dē collībertīs*]

37 Nōn potuī amplius quicquam gustāre, sed conversus ad eum, ut quam plūrima exciperem, longē accersere fābulās coepī scīscitārīque 'quae esset mulier illa quae hūc atque illūc discurreret?'

"Uxor" inquit "Trimalchiōnis, 'Fortūnāta' appellātur; quae nummōs modiō mētītur. Et modo modo quid fuit? Ignōscet mihi genius tuus – nōluissēs dē manū illīus pānem accipere! Nunc – nec quid nec quārē – in caelum abiit, et Trimalchiōnis topanta est. Ad summam: merō merīdiē sī dīxerit illī 'tenebrās esse', crēdet!

"Ipse nescit quid habeat, adeō saplūtus est. Sed haec lupātria prōvidet omnia – est ubi nōn putēs. Est sicca, sōbria, bonōrum cōnsiliōrum. Est tamen malae linguae, pīca pulvīnāris. Quem amat, amat; quem nōn amat, nōn amat!

"Ipse Trimalchiō fundōs habet quā milvī volant, nummōrum nummōs. Argentum in ōstiāriī illīus cellā plūs iacet quam quisquam in fortūnīs habet. Familia vērō – babae babae! – nōn meherculēs putō decimam partem

38 esse quae dominum suum nōverit. ... Nec est quod putēs illum quicquam emere: omnia domī nāscuntur: lāna, credrae, piper. Ad summam, lacte gallīnāceum sī quaesieris, inveniēs! – Parum illī bona lāna nāscēbātur: arietēs ā Tarentō ēmit et eōs cūlāvit in gregem. – Mel Atticum ut domī nāscerētur, apēs ab Athēnīs iussit afferrī: obiter et

amplius *adv* = plūs; nōn amplius = iam nōn
ex-cipere : cognōscere
ac-cersere = arcessere (: petere)
fābula (< fārī) = sermō

modius -ī *m* [*8,75 l*]

mētīrī = quantitātem statuere numerandō
genius -ī *m* = deus prīvātus (hominēs suum quisque genium tuentem habent)
nec quid nec quārē = nesciō quōmodo
topanta *n pl* = ūna omnium
merō merīdiē = merīdiē ipsō

saplūtus -a -um = pecūniōsus
lupātria -ae *f* = mulier ācris [?]
prō-vidēre = ante cūrāre
sōbrius -a -um ↔ ēbrius
pulvīnāris -e < *pulvīnus* -ī *m* = cervīcal; pīca pulvīnāris = fēmina maledīcēns [?]

fundus -ī *m* = agrī, praedium
milvus -ī *m* (-a -ae *f*): avis fera
nummōrum nummī : ingēns numerus nummōrum
plūs argentī

quisquam *nostrum*

babae! = mīrum quantum!

nec est quod putēs : nec causa est cūr putēs (: nōlī putāre)
credrae [?]
lacte -is *n* = lac
gallīnāceus -a -um < gallīna
-ieris = -īveris

cūlāre = pellere, immittere [?]
Atticus -a -um < Attica, regiō Graeciae (caput: Athēnae)

vernāculus -a -um =domī nātus
meliusculus -a -um = melior
Graecus -a -um = Graecus
ut *sibi* ex Indiā (India -ae *f,*
Asiae regiō longinqua)
nam (quidem) = atque (etiam)
mūla -ae *f*/-us -ī *m* = iūmen-
tum nātum ex asinō et equā
onager -grī *m* = asinus ferus
conchȳliātus -a -um = pur-
pureus
coccineus -a -um = coccinus

tōmentum -ī *n* =culcita interior

beātitūdō -inis *f* < beātus;
animī b. : eius b. (dīvitiae)

cavē *nē* contemnās! (= nōlī
contemnere!)

sūcōsus -a -um = pecūniōsus

octingenta *mīlia sēstertium*
crēscere crēvisse
quōmodo = ut

Incubō -ōnis *m*, deus cūstōs
thēsaurī occultī, quī pilleō
eius raptō invenītur
subalapa = vir glōriōsus [?]
nōn male (: bene) sibi vult
proximē = nūper
cēnāculum -ī *n* = domūs pars
superior
prō-scrībere =vēndendum/lo-
candum nūntiāre pūblicē
locāre = prō pretiō ūtendum
dare
lībertīnī locus: medius in īmō
improperāre = reprehendere
sēstertium deciēs *centēna*
mīlia (10×100.000)
vacillāre = incertō pede stāre
capillōs līberōs : quicquam
suum (nōn dēbitum)
ipsō melior : melior quam ille
ad sē fēcērunt : sua fēcērunt
in-clīnāre = deorsum flectere;
pass dēficere, recēdere
negōtiātiō -ōnis *f* < *negōtiārī*
= negōtium gerere/exercēre
libitīnārius -ī *m* = vir cuius negōtium est fūnera apparāre
gausapātōs [?] (< gausapa)
pistōrius -a -um < pistor -ōris
m = quī pānem cōnficit

bōlētus
-ī *m*
vernāculae quae sunt meliusculae ā Graeculīs fīent. – Ecce intrā hōs diēs scrīpsit, ut illī ex Indiā sēmen bōlētōrum mitterētur. – Nam mūlam quidem nūllam habet quae nōn ex onagrō nāta sit. – Vidēs tot cul-
citās: nūlla nōn aut con- mūla
chȳliātum aut coccineum
tōmentum habet. – Tanta
est animī beātitūdō!

culcita
-ae *f*

"Reliquōs autem collībertōs eius cavē contemnās! Valdē sūcōsī sunt. Vidēs illum quī in īmō īmus recumbit: hodiē sua octingenta possidet. Dē nihilō crēvit. Modo solēbat collō suō ligna portāre! Sed quōmodo dīcunt – ego nihil sciō, sed audīvī – : cum Incubōnī pilleum rapuisset, thēsaurum invēnit. (Ego nēminī invideō, sī quid deus dedit.) Est tamen subalapa et nōn vult sibi male. Itaque proximē cēnāculum hōc titulō prōscrīpsit: *C. Pompēius Diogenēs ex kalendīs Iūliīs cēnāculum locat; ipse enim domum ēmit.*

"Quid ille quī lībertīnī locō iacet, quam bene sē habuit! Nōn improperō illī. Sēstertium suum vīdit deciēs, sed male vacillāvit. Nōn putō illum capillōs līberōs habēre, nec meherculēs suā culpā: ipsō enim homō melior nōn est; sed lībertī scelerātī, quī omnia ad sē fēcērunt! Scītō autem: ... ubi semel rēs inclīnāta est, amīcī dē mediō! Et quam honestam negōtiātiōnem exercuit, quod illum sīc vidēs: libitīnārius fuit. Solēbat sīc cēnāre quōmodo rēx: aprōs gausapātōs, opera pistōria ... ⟨*⟩ cocōs, pistōrēs

18

- plūs vīnī sub mēnsā effundēbātur quam aliquis in cellā habet. Phantasia, nōn homō! Inclīnātīs quoque rēbus suīs, cum timēret nē crēditōrēs illum conturbāre exīstimārent, hōc titulō auctiōnem prōscrīpsit: *C. Iūlius Proculus auctiōnem faciet rērum supervacuārum.*"

[*Trimalchiō astrologus dē duodecim signīs*]

39 Interpellāvit tam dulcēs fābulās Trimalchiō; nam iam sublātum erat ferculum, hilarēsque convīvae vīnō sermōnibusque pūblicātīs operam coeperant dare. Is ergō reclīnātus in cubitum "Hoc vīnum" inquit "vōs oportet suāve faciātis. Piscēs natāre oportet. Rogō, mē putātis illā cēnā esse contentum quam in thēcā repositōriī vīderātis? *Sīc nōtus Ulixēs?* – Quid ergō est? Oportet etiam inter cēnandum philologiam nōsse. Patrōnō meō ossa bene quiēscant, quī mē hominem inter hominēs voluit esse! Nam mihi nihil novī potest afferrī, sīcut ille ferculus iam habuit praxim:

"Caelus hic, in quō duodecim diī habitant, in totidem sē figūrās convertit, et modo fit *Ariēs;* itaque quisquis nāscitur illō signō multa pecora habet, multum lānae, caput praostereā dūrum, frontem expudōrātam, cornū acūtum. Plūrimī hōc signō scholasticī nāscuntur et arietillī."

Laudāmus urbānitātem mathēmaticī; itaque adiēcit: "Deinde tōtus caelus *Taurulus* fit. Itaque tunc calcitrōsī nāscuntur et bubulcī et quī sē ipsī pāscunt.

phantasia -ae *f* = quod esse vidētur, nōn est
crēditor -ōris *m* = cui dēbētur
con-turbāre (ratiōnēs): suum cuique solvere nōn posse
auctiō -ōnis *f* (< augēre): quā rēs pūblicē vēneunt auctīs
quam māximē pretiīs
super-vacuus -a -um ↔ necessārius

astrologus -ī *m* = quī astrīs studet

hilaris -e = laetus ac rīdēns
pūblicāre = pūblicum (omnium commūnem) facere
operam dare = intentus esse
re-clīnāre sē = recumbere;
reclīnātus = recumbēns
= oportet vōs suāve facere
contentus -a -um: rē c. esse
= rem satis esse putāre
thēca -ae *f* = id quō aliquid continētur
Sīc nōtus U.? Aenēis II.44
philologia -ae *f* = litterārum studia (nōsse = nōvisse)
patrōnus -ī *m* = lībertī quondam dominus (: Pompēius)

ferculus = ferculum

praxis -is *f* (*acc* -im): habēre
praxim = dēmōnstrāre
caelus = caelum

in illō signō
pecora = pecudēs (ovēs)
expudōrātus -a -um = sine pudōre
scholasticus -ī *m* = rhētor vel rhētoris discipulus
arietillus -a -um = pugnandī cupidus [?]
mathēmaticus -ī *m* = astrologus
taurulus -ī *m* = taurus
calcitrōsus -a -um = quī calcitrat (: pedibus pulsat)
bubulcus -ī *m* = pāstor boum

19

bīgae = duo equī currū iūnctī

coleī -ōrum *m pl* = testiculī

: utru*m*que parie*tem* linere lēvisse litum = operīre māteriā mollī (ut cērā, gyp- sō, colōre), pingere

hōc, illōc = ad hoc, ad illud

quadrāre = convenīre (ad)

genesis -is *f (acc* -im) = nās- cendī tempus, fātum

cataphagās -ae *m* = homō edendī cupidus
imperiōsus -a -um = imperāns
compedītus -a -um = quī *com- pedēs* (vincula pedum) gerit
unguent*ārius* unguentum, ve- nēn*ārius* venēnum vēndit
ex-pedīre = vēnundare
percussor -ōris *m* (< percutere) = quī hominem occīdit
strabō -ōnis *m* = cui oculī in utramque partem spectant
lār(i)dum -ī *n* = carō pinguis
aerumnōsus -a -um = miser
prae *prp+ acc* = propter
cōpō -ōnis *m* = tabernārius
obsōnātor -ōris *m* = quī obsō- nia emit
mola -ae *f:* īnstrūmentum ro- tundum quod cum frūmentō vertitur; ita sēmen *molitur* ut farīna fīat
molere -uisse -itum

cucurbita -ae *f*

cor-rotundāre = rotundum facere

venātiō -ōnis *f* < vēnārī apparātus -ūs *m* < apparāre

sophōs *adv (Gr)* = optimē
Hipparchus, Arātus -ī *m*, astrologī Graecī
comparāre + *dat:* illī : cum illō
toral -ālis *n* = vestis picta quā ōrnātur torus

"In *Geminīs* autem nāscuntur bīgae et bovēs et coleī et quī utrōsque parietēs linunt.

"In *Cancrō* ego nātus sum, ideō multīs pedibus stō, et in marī et in terrā multa possideō, nam cancer et hōc et illōc quadrat. Et ideō iam dūdum nihil super illum posuī nē genesim meam premerem.

"In *Leōne* cataphagae nāscuntur et imperiōsī; in *Virgine* mulierēs et fugi- tīvī et compedītī; in *Librā* laniōnēs et unguentāriī et quīcumque aliquid ex- pediunt; in *Scorpiōne* venēnāriī et per- cussōrēs; in *Sagittāriō* strabōnēs, quī holera spectant, lārdum tollunt; in *Capricornō* aerumnōsī, quibus prae mala sua cornua nāscuntur; in *Aquāriō* cōpō- nēs et cucurbitae; in *Piscibus* obsōnātōrēs et rhētorēs.

laniō -ōnis *m*, quī pecudēs occīdit et carnem vēndit

"Sīc orbis vertitur tamquam mola, et semper aliquid malī facit, ut hominēs aut nāscantur aut pereant. Quod autem in mediō caespitem vidētis et super caespitem favum – nihil sine ratiōne faciō: terra māter est in mediō quasi ōvum corrotundāta, et omnia bona in sē habet tamquam favus."

mola

[*Ferculum secundum: aper cum vēnātiōnis apparātū*]

"Sophōs!" ūniversī clāmāmus, et sublātīs manibus ad 40 cameram iūrāmus 'Hipparchum Arātumque comparandōs illī nōn fuisse' – dōnec advēnērunt ministrī ac torālia prōposuērunt in quibus rētia erant picta subsessōrēsque cum vēnābulīs et tōtus vēnātiōnis apparātus. Necdum sciēbāmus quō mitterēmus suspīciōnēs nostrās, cum extrā triclīnium clāmor sublātus est ingēns, et ecce canēs Lacōnicī etiam circā mēnsam discurrere coepērunt. Secūtum est hōs repositōrium in quō positus erat prīmae magnitūdinis

palma
(arbor,
folium)

palma
(frūctus)

aper ..., ē cuius dentibus sportellae dēpendēbant duae palmulīs textae, altera caryōtīs altera thēbaicīs replēta. Circā autem minōrēs porcellī ex coptoplacentīs factī, quasi ūberibus imminērent, scrōfam esse positam significābant. Et hī quidem apophorētī fuērunt.

Cēterum ad scindendum aprum nōn ille Carpus accessit quī altilia lacerāverat, sed barbātus ingēns, fasciīs

fasciae
crūrālēs

fascia
-ae f

crūrālibus alligātus et aliculā subōrnātus polymitā, strictōque vēnātōriō cultrō latus aprī vehementer percussit – ex cuius plāgā turdī

ēvolāvērunt! Parātī aucupēs cum harundinibus fuērunt et eōs circā triclīnium volitantēs mōmentō excēpērunt.

turdus -ī m

Inde cum suum cuique iussisset referrī Trimalchiō, adiēcit: "Etiam vidēte quam porcus ille silvāticus lōtam comēderit· glandem." Statim puerī ad sportellās accessērunt quae pendēbant ē dentibus, thēbaicāsque et caryōtās ad numerum dīvīsēre cēnantibus. ...

subsessor -ōris m = vēnātor quī ex īnsidiīs vēnātur
vēnābulum -ī n = iaculum vēnātōris
nec-dum = nec adhūc
suspīciō -ōnis f < suspicārī
Lacōnicus -a -um < Lacōnica, regiō Peloponnēsī (caput: Sparta)

sportella -ae f

dē-pendēre
palmula -ae f = palma (folium)
texere -uisse -xtum = crātem/ vestem cōnficere ē fīlis (palma) caryōta, thēbaica: duo genera palmārum (frūctuum)
porcellus -ī m = parvus porcus
copto-placenta = placenta dūra
ūberibus im-minēre : nūtrīrī
scrōfa -ae f = sūs fēmina

apophorētus -a -um = quī convīvīs sēcum ferendus datur

barbātus = quī barbam gerit
crūrālis -e < crūs
al-ligāre: fasciīs alligātus :
cui fasciae ligātae erant
alicula -ae f = pallium breve
polymitus -a -um = fīlis variōrum colōrum textus
vēnātōrius -a -um < vēnātor
vehemēns -entis adi = quī vī ūtitur; adv -enter
plāga = vulnus
auceps -upis m = quī avēs capit
harundō -inis f = calamus quō avēs haerentēs capiuntur

ex-cipere = capere

re-ferrī : afferrī
silvāticus -a -um < silva
lōtus -a -um = lautus
com-esse -ēdisse -ēsum = ēsse

glāns -andis f
frūctus quercūs

ad numerum : ad symphōniam numerō canentem

lasanum -ī *n*
(ubi venter
exonerātur)

nancīscī nactum = adipīscī
sermōnem invītāre = ad sermōnem hortārī

pataracina [?]

rēctā *adv* = rēctā viā

balne*us*, vīn*us* = -um
caldus -a -um = calidus
vestiārius = quī vestēs vēndit
stāminātās [=merās?] *pōtiōnēs*
(ob)dūcere = bibere
matus -a -um = ēbrius

fullō -ōnis *m* = quī nova texta
mollit pulsandō
liquēscere = liquidus fierī
pultārius -ī *m* = magnum vās
laecasīn (λαικάζειν), verbum
impudīcum Graecum

plangere plānxisse plānctum =
pectus pulsāre (ob lūctum),
maerēre

fūnus

vītālis -e < vīta; lectus v.:
quō mortuus *effertur*

lavāre = lavārī

ē-bullīre (< bulla): animam ē.
: exspīrāre, morī

īn-flāre = āere implēre
minōris/plūris *pretiī*

musca
-ae *f*

[Sermō convīvārum: Dāma dē frīgore, Seleucus dē fūnere]

Ab hōc ferculō Trimalchiō ad lasanum surrēxit. Nōs, 41
lībertātem sine "tyrannō" nactī, coepimus invītāre convīvārum sermōnēs.

Dāma itaque prīmus, cum pataracina poposcisset,
"Diēs" inquit "nihil est. Dum versās tē, nox fit. Itaque
nihil est melius quam dē cubiculō rēctā in triclīnium īre!
– Et mundum frīgus habuimus. Vix mē balneus calfēcit.
Tamen calda pōtiō vestiārius est. Stamīnātās dūxī, et
plānē matus sum. Vīnus mihi in cerebrum abiit."

Excēpit Seleucus fābulae partem, et "Ego" inquit "nōn 42
cotīdiē lavor, balneus enim fullō est, aqua dentēs habet, et
cor nostrum cotīdiē liquēscit. Sed cum mulsī pultārium
obdūxī, frīgorī *laecasīn* dīcō!

fēminae plangunt   cornicinēs et tībīcinēs

homō mortuus in lectō vītālī effertur

"Nec sānē lavāre potuī, fuī enim hodiē in fūnus. Homō
bellus, tam bonus Chrȳsanthus animam ēbulliit. Modo
modo mē appellāvit. Videor mihi cum illō loquī. – Heu!
Ēheu! Utrēs īnflātī ambulāmus. Minōris quam muscae
sumus: muscae tamen aliquam virtūtem habent
– nōs nōn plūris sumus quam bullae!

bulla
-ae *f*

22

"Et quid sī nōn abstināx fuisset? Quīnque diēs aquam in ōs suum nōn coniēcit, nōn mīcam pānis. Tamen abiit ad plūrēs. Medicī illum perdidērunt – immō magis malus fātus, medicus enim nihil aliud est quam animī cōnsōlātiō! Tamen bene ēlātus est, vītālī lectō, strāgulīs bonīs. Plānctus est optimē – manū mīsit aliquot – etiam sī malignē illum plōrāvit uxor. ..."

abstināx -ācis = abstinēns
con-icere = mittere, pōnere
mīca -ae f = minimum (pānis)

plūrēs : mortuōs
fātus = fātum
cōnsōlātiō -ōnis f < cōnsōlārī
(vestis) strāgula = quae sternitur (super lectum)
mortuum plangere/plōrāre :
plangere/plōrāre dē mortuō
(servum) ma.'ū (: ē potestāte
suā) mittere = līberāre
malignus -a -um ↔ largus
(malignē : parum)

[*Philerōs dē Chrÿsanthō mortuō*]

43 Molestus fuit, Philerōsque prōclāmāvit: "Vīvōrum meminerimus! Ille habet quod sibi dēbēbātur: honestē vīxit, honestē obiit. Quid habet quod querātur? Ab asse crēvit, et parātus fuit quadrantem dē stercore mordicus tollere! Itaque crēvit quicquid tetigit tamquam favus. Putō meherculēs illum relīquisse solida centum, et omnia in nummīs habuit. ... Plānē Fortūnae fīlius: in manū illīus plumbum aurum fiēbat. Facile est autem ubi omnia quadrāta currunt.

stercus
-oris n

quod eī dēbēbātur

ob-īre = mortem ob-īre, morī
quid habet = quam causam h.

quadrāns -antis m = nummus
minimus, quārta pars assis
mordicus adv = dentibus
quic-quid = quid-quid
solidus -a -um ↔ liquidus;
solida centum : integra
centum mīlia sēstertium

plumbum -ī n = metallum
vīlissimum
: omnia facile prōcēdunt

"Et quot putās illum annōs sēcum tulisse? Septuāgintā et suprā. Sed corneolus fuit, aetātem bene ferēbat – niger tamquam corvus. Nōveram hominem ōlim ōliōrum, et adhūc salāx erat. Nōn meherculēs illum putō in domō canem relīquisse! Immō etiam pullārius erat – omnis minervae homō! Nec improbō – hoc sōlum enim sēcum tulit."

sēcum in sepulcrum tulisse

corne(ol)us -a -um = dūrus
ac siccus (ut cornū)
ōlim ōliōrum = ōlim
salāx -ācis (< salīre) = parātus
ad fēminās comprimendās
pullārius -ī m (< pullus) = vir
quī puerōs amat
minerva -ae f = ars, nātūrae
genus
improbāre ↔ probāre

23

bucca s.
māla s.
maxilla
-ae f

annōna -ae f = frūmentum eiusque pretium; quid a. morde*at*
bucca -ae f = *māla*, ōs, quantum ōs capit
siccitās -ātis f = tempus siccum
ēsurītiō -ōnis f = famēs
male ēveniat *iīs!*
col-lūdere = sē coniungere
   illūdendī causā
maxilla -ae f = māla, bucca;
   maxillae : hominēs avidī
Sāturnālia agere : in luxū
   vītam agere
leō : vir fortis ac ferōx

Safīnius -ī m
: magis piper quam homō!
   (: homō ācerrimus)
ad-ūrere = ūrere, torrēre
rēctus, certus: probus, fīdus *fuit*
audāx, *adv* audācter < -āciter
micāre: lūdere digitīs extentīs
   numerandīs
schēma -ae f = ōrnāmenta ōrā-
   tiōnis (↔ dīrēctum)
dīrēctus -a -um = quī rēctā it
cum *causās* ageret
sūdāre = sūdōrem ēdere
ex-(s)puere -uisse = *spuere* =
   spūtum (-ī n) ex ōre ēmittere
re-salūtā*bat*, redd*ēbat*
lutum -ī n = sordēs; prō lutō
   esse = minimī pretiī esse
pānem quem asse ēmissēs...

būb(u)lus -a -um < bōs
quotīdiē = cotīdiē
retrō-versus *adv* = retrō

cōda -ae f = cauda
Caunius -a -um < Caunus, cīvitās Asiae; f = fīcūs genus
   vīle; nōn trium cauniārum
   = minimī pretiī, nēquam

[*Ganymēdēs dē annōnā, dē aedīlibus, dē diīs īrātīs*]

Haec Philerōs dīxit, illa Ganymēdēs: "Nārrātis quod 44
nec ad caelum nec ad terram pertinet – cum interim nēmō
cūrat quid annōna mordet. Nōn meherculēs hodiē buccam
pānis invenīre potuī. Et quōmodo siccitās persevērat! Iam
annum ēsurītiō fuit. Aedīlēs – male ēveniat! – quī cum
pistōribus collūdunt: "Servā mē, servābō tē!" Itaque
populus minūtus labōrat. Nam istī māiōrēs maxillae
semper Sāturnālia agunt.

"Ō, sī habērēmus illōs leōnēs quōs ego hīc invēnī cum
prīmum ex Asiā vēnī! Illud erat vīvere! ... Meminī
Safīnium: tunc habitābat ad arcum veterem, mē puerō.
Piper, nōn homō! Is, quācumque ībat, terram adūrēbat.
Sed rēctus, sed certus, amīcus amīcō, cum quō audācter
possēs in tenebrīs micāre. In Cūriā autem – quōmodo
singulōs tractābat! Nec schēmās loquēbātur, sed dīrēctum. Cum ageret porrō in forō, sīc illīus vōx crēscēbat
tamquam tuba! Nec sūdāvit umquam nec expuit. ... Et
quam benignus resalūtāre, nōmina omnium reddere, tamquam ūnus dē nōbīs. Itaque illō tempore annōna prō lutō
erat. Asse pānem quem ēmissēs, nōn potuissēs cum alterō
dēvorāre – nunc oculum būblum vīdī māiōrem!

"Heu, heu! Quotīdiē pēius! Haec colōnia retrōversus
crēscit tamquam cōda vitulī. Sed quārē? Habēmus aedī-
lem nōn trium cauniārum,
quī sibi māvult assem quam
vītam nostram! Itaque domī

vacca -ae f   vitulus -ī m

vulpēs -is *f*

mūs
mūris *m*

gaudet: plūs in diē nummōrum accipit quam alter patrimōnium habet. Iam sciō unde accēperit dēnāriōs mīlle aureōs. Sed sī nōs coleōs habērēmus, nōn tantum sibi placēret! Nunc populus est domī leōnēs, forās vulpēs.

coleōs habēre = vir esse

forās = forīs

"Quod ad mē attinet, iam pannōs meōs comēdī, et sī persevērat haec annōna, casulās meās vēndam. Quid enim futūrum est, sī nec diī nec hominēs huius colōniae

at-tinēre = pertinēre
pannus -ī *m* = vestis vetus;
  comēdī : prō cibō vēndidī
casula -ae *f* = (parva) casa;
  pl domus

miserentur? Ita meōs frūnīscar ut ego putō omnia illa ā diibus fierī. Nēmō enim caelum caelum putat, nēmō iēiūnium servat, nēmō Iovem pilī facit, sed omnēs, opertīs oculīs, bona sua computant. Anteā stolātae

stola
-ae *f*

ībant nūdīs pedibus in clīvum, passīs capillīs, mentibus pūrīs, et Iovem aquam exōrābant. Itaque statim urceātim plovēbat – aut tunc aut numquam – et omnēs redībant ūdī tamquam mūrēs! Itaque diī pedēs lānātōs habent, quia nōs religiōsī nōn sumus. Agrī iacent –."

frūnīscī (+ *acc*) = fruī; ita meōs frūnīscar ut = profectō
diibus *abl pl* = diīs

iēiūnium -ī *n* = tempus quō nihil ēstur (religiōnis causā)
pilus -ī *m* = capillus ūnus; pilī facere = minimī aestimāre
stolāta = quae *stolam* (vestem mātrōnae) gerit
clīvum *Capitōlīnum*
ex-ōrāre = precibus petere;
  Iovem : ā Iove; aquam : *pluviam* = imbrem
urceātim *adv* = quasi ex *urceīs*
pluere -uisse: pluit = pluvia cadit; plovēbat = pluēbat
ūdus -a -um = ūmidus
lānātus < lāna; diī pedēs lānātōs habent : diī auxiliō venīre nōlunt [?]
religiōsus -a -um (< religiō) = quī deōs verētur, pius

[*Echīōn dē Titī mūnere gladiātōriō et dē fīliolō suō*]

45 "Ōrō tē" inquit Echīōn centōnārius, "melius loquere! "Modo sīc, modo sīc!" inquit rūsticus: varium porcum perdiderat. Quod hodiē nōn est, crās erit – sīc vīta trūditur. Nōn meherculēs patria melior dīcī potest, sī hominēs habēret. Sed labōrat hōc tempore, nec haec sōla. Nōn dēbēmus dēlicātī esse: ubīque medius caelus est. Tū sī aliubī fueris, dīcēs 'hīc porcōs coctōs ambulāre!'

Titus, aedīlis quī mūnus dabit

centōnārius -ī *m* = quī *centōnēs* vēndit (centō -ōnis *m* = vestis strāgula ex pannīs cōnfecta)
trūdere = pellere, agere

dēlicātus = cui nihil placet (↔ contentus)
ali-ubī = aliō locō

25

excellent*e* *n* = excellēns
trīduum -ī *n* = trēs diēs
familia : grex gladiātōrum
lanisticius -a -um = quem exercuit *lanista*
caldi-cerebrius = caldī cerebrī
erit *ali*quid
utique = certē quidem
domesticus : familiāris
mixcix [?]
ferrum : gladiōs

lanista -ae *m:* quī gladiātōrēs
  exercet

carnārium -ī *n* (< carō) =
  caedēs multōrum, strāgēs
habet unde *sūmat pecūniam*
sēstertium trecentiēs *centēna*
  mīlia (300 × 100.000)
quadringenta *mīlia*
im-pendere -disse = solvere; ut
  ... impendat : etiam sī i.erit
sempiternus -a -um = aeter-
  nus; *adv* -ō
Mānīī -ōrum *m pl* [?]
Glycō -ōnis *m*
dēlectā*rētur* (*dēp*) = dēlectā*ret*
zēlotypus -a -um = quī coniugis adulterō invidet
amāsiunculus -ī *m* = adulter
sēstertiārius -a -um = vīlis
trā-dūcere : expōnere (populō)

matella : mulier impudīca
digna quam... = d. ut eam...
iactāret *cornibus*
asinum *caedere* nōn potest
strātum -ī *n* = strāgula
(sub)ol-facere = odōrem sentīre nāsō, praesentīre
quia... = M.am...datūrum esse
epulum -ī *n* = cēna pūblica
sciās oportet : tē scīre o., scītō
plēnīs vēlīs (: facile) vi*ncitū*-
  rum = vi*ctūrum esse* (comitiīs
  quibus M. et N. certābunt)

"Et ecce habitūrī sumus mūnus excellente in trīduō diē fēstā. Familia nōn lanisticia, sed plūrimī lībertī. Et Titus noster magnum animum habet et est caldicerebrius: aut hoc aut illud, erit quid utique. Nam illī domesticus sum: nōn est mixcix. Ferrum optimum datūrus est, sine fugā:

carnārium
in mediō

carnārium in mediō, ut amphitheātrum videat. Et habet unde: relictum est illī sēstertium trecentiēs: dēcessit illīus pater – male! – ; ut quadringenta impendat, nōn sentiet patrimōnium illīus – et sempiternō nōminābitur! Iam Māniōs aliquot habet, et mulierem essedāriam, et dis-pēnsātōrem Glycōnis, quī dēprehēnsus est cum dominam suam dēlectārētur. Vidēbis populī rīxam inter zēlotypōs et amāsiunculōs! Glycō autem, sēstertiārius homō, dis-pēnsātōrem ad bēstiās dedit. Hoc est sē ipsum trādūcere! Quid servus peccāvit, quī coāctus est facere? Magis illa matella digna fuit quam taurus iactāret! Sed quī asinum nōn potest, strātum caedit. ...

"Sed subolfaciō quia nōbīs epulum datūrus est Mam-maea: bīnōs dēnāriōs mihi et meīs. Quod sī hoc fēcerit, ēripiet Norbānō tōtum favōrem. Sciās oportet plēnīs vēlīs hunc vincitūrum. Et rē vērā, quid ille nōbīs bonī fēcit?

26

Dedit gladiātōrēs sēstertiāriōs iam dēcrepitōs, quōs sī suf-
flāssēs, cecidissent! – iam meliōrēs bēstiāriōs vīdī. ...

46   "Vidēris mihi, Agamemnōn, dīcere: "Quid iste argūtat
molestus?" Quia tū, quī potes loquī, nōn loqueris. Nōn es
nostrae fasciae et ideō pauperōrum verba dērīdēs. Scīmus
tē prae litterās fatuum esse. Quid ergō est? Aliquā diē
tē persuādeam, ut ad vīllam veniās et videās casulās
nostrās? Inveniēmus quod mandūcēmus: pullum, ōva.
Bellē erit. ...

"Et iam tibi discipulus crēscit cicarō meus. Iam quattuor partēs dīcit. Sī vīxerit, habēbis ad latus servulum.
Nam quicquid illī vacat, caput dē tabulā nōn tollit. Ingeniōsus est et bonō fīlō, etiam
sī in avēs morbōsus est. Ego
illī iam trēs cardēlēs occīdī –
et dīxī quia mūstella comēdit!

cardēlis   mūstella
-is *f*   -ae *f*

Invēnit tamen aliās nēniās, et libentissimē pingit. Cēterum
iam Graeculīs calcem impingit, et Latīnās
coepit nōn male appetere. ... Ēmī ergō nunc
puerō aliquot libra rubricāta, quia volō illum
cālx -cis *f:* pedis
pars posterior
ad domūsiōnem aliquid dē iūre gustāre. Habet haec rēs
pānem. ... Ideō illī cotīdiē clāmō: "Prīmigenī, crēde mihi:
quicquid discis tibi discis. Vidēs Philerōnem causidicum:
sī nōn didicisset, hodiē famem ā labrīs nōn abigeret;
modo modo collō suō circumferēbat onera vēnālia – nunc
etiam adversus Norbānum sē extendit. Litterae thēsaurum
est, et artificium numquam moritur.""

dēcrepitus -a -um = cōnfectus
aetāte, dēbilis
suf-flāre = flāre (paulum)
bēstiārius -ī *m* = quī cum bēs-
tiīs pugnat in amphitheātrō
argūtāre = fābulārī

nostrae fasciae (*gen*) = nostrī
generis, ūnus dē nōbīs
pauper*ōrum* = pauper*um*
fatuus -a -um = stultus

tibi persuādeam (: -ēbō)

mandūcāre = dentibus ūtī, ēsse

bellē esse = bene esse
cicarō -ōnis *m* = fīliolus
IV partēs dīcere = numerōs in
quārtās partēs dīvidere
servulus -ī *m* = parvus servus
quicquid *temporis*
vacāre = vacuum esse
ingeniōsus -a -um (< ingeni-
um) = bonō ingeniō
bonō fīlō = bonā nātūrā
morbōsus -a -um < morbus;
in avēs m. : avium nimis
studiōsus

: 'mūstellam *eās* comēdisse'

nēniae -ārum *f pl* = nūgae
Graec(ul)īs *litterīs* calcem impingit (calcitrat) : Graecās
litterās recūsat/repudiat
ap-petere = cupidē petere
libra *n pl* = librōs
rubricātus -a -um: liber r. = ru-
brō colōre scrīptus (dē iūre)
ad/in domūsiōnem (< domus
+ ūsus) = ad ūsum domī
Prīmigenius -ī *m*, nōmen fīliī
Philerō -ōnis *m*
causidicus -ī *m* = cuius negōtium est causās dīcere/agere

vēnālis -e = vēndendus, quī
vēnit
: Norbānum aequāre cōnātur
thēsaur*um* = thēsaur*us*
artificium -ī *n* = ars, id quod
discitur

mālicorium
ɟ -ī n

---

spatium = tempus; spatiō
inter-positō = post spatium

respondēre : suō mūnere
fungī
nōn sē invenīre = nescīre
quid faciendum sit
taeda -ae *f* = quod ē *pīnū* fluit
acētum -ī *n* = vīnum amārum;
ex acētō = cum acētō cocta
: iam *ventrem* pudōrem sibi
impositūrum esse
aliō-quīn *adv* = aliter
stomachus -ī *m* = venter
tam sonat (tantus sonus fit) *ut*
putēs taurum *esse*

suā rē causā facere = rem ne-
cessāriam facere
nōn est quod illum pude*at*
= causa nōn est cūr...
solidē (: ut statua marmorea!)
tormentum -ī *n* = cruciātus
ventrem con-tinēre
nē Iovis (= Iuppiter) *quidem*

dē-somnis -e = vigilāns

ūllum : quemquam

lasanī = lasan*a*
minūtālia -ium *n pl* = rēs
minūtae
anathȳmiāsis *f* = āēr ascendēns

flūctus -ūs *m* < fluere

līberālitās -ātis *f* < *līberālis -e*
= benignus et largus
indulgentia -ae *f* = animus
quī multa permittit
castīgāmus : sēdāmus
pōtiuncula -ae *f* = pōtiō

aqua, lasana et
cētera minūtālia

[*Trimalchiō dē ventre suō*]

Eiusmodī fābulae vibrābant, cum Trimalchiō intrāvit, 47 et, dētersā fronte, unguentō manūs lāvit; spatiōque minimō interpositō, "Ignōscite mihi" inquit, "amīcī! Multīs iam diēbus venter mihi nōn respondit. Nec medicī sē inveniunt. Prōfuit mihi tamen mālicorium et taeda ex acētō. Spērō tamen, iam pudōrem sibi impōnet. Aliōquīn circā stomachum mihi sonat – putēs taurum! Itaque, sī quis vestrum voluerit suā rē causā facere, nōn est quod illum pudeātur. Nēmō nostrum solidē nātus est. Ego nūllum putō tam magnum tormentum esse quam continēre. Hoc sōlum vetāre nē Iovis potest.

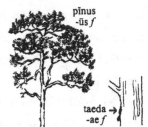

pīnus
-ūs *f*

taeda →
-ae *f*

"Rīdēs, Fortūnāta? quae solēs mē nocte dēsomnem facere! Nec tamen in triclīniō ūllum vetuī facere quod sē iuvet. Et medicī vetant continēre. – Vel sī quid plūs venit, omnia forās parāta sunt: aqua, lasanī et cētera minūtālia. Crēdite mihi: anathȳmiāsis in cerebrum it et in tōtō corpore flūctum facit. Multōs sciō sīc periisse, dum nōlunt sibi vērum dīcere."

Grātiās agimus līberālitātī indulgentiaeque eius – et subinde castīgāmus crēbrīs pōtiunculīs rīsum!

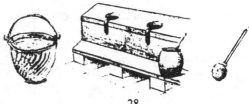

capistrum
-ī n

tintinnābulum
-ī n

[Ferculum tertium: sūs tomāculīs replētus]

Nec adhūc sciēbāmus nōs 'in mediō' quod āiunt 'clīvō' labōrāre. Nam, commundātīs ad symphōniam mēnsīs, trēs albī suēs in triclīnium adductī sunt, capistrīs et tintinnābulīs cultī, quōrum ūnum 'bīmum' nōmenclātor esse dīcēbat, alterum 'trīmum', tertium vērō iam 'sexennem'.

Ego putābam petauristāriōs intrāsse, et porcōs, sīcut in circulīs mōs est, portenta aliqua factūrōs. Sed Trimalchiō, expectātiōne discussā, "Quem" inquit "ex eīs vultis in cēnam statim fierī? Gallum enim gallīnāceum, penthiacum et eiusmodī nēniās rūsticī faciunt – meī cocī etiam vitulōs aēnō coctōs solent facere!" Continuōque cocum vocārī iussit et, nōn expectātā ēlēctiōne nostrā, māximum nātū iussit occīdī; et clārā vōce: "Ex quotā decuriā es?"

Cum ille 'sē ex quadrāgēsimā' respondisset, "Ēmptīcius an" inquit "domī nātus?"

"Neutrum" inquit cocus, "sed testāmentō Pānsae tibi relictus sum."

"Vidē ergō" ait "ut dīligenter pōnās! Sī nōn, tē iubēbō in decuriam viātōrum conicī."

Et cocum quidem, potentiae admonitum, in culīnam obsōnium dūxit.

48 Trimalchiō autem mītī ad nōs vultū respexit, et "Vīnum" inquit "sī nōn placet, mūtābō. Vōs illud oportet

petauristārius
-ī m

in mediō clīvō labōrāmus = restant nōbīs tot labōrēs
quot iam passī sumus
com-mundāre = mundum facere
nōmenclātor -ōris m = servus quī nōmina prōclāmat
bīmus -a -um = II annōrum
trīmus -a -um = III annōrum
sexennis -e = VI annōrum

circulus = locus forī quem spectātōrēs circumstant
portenta : mīrācula
dis-cutere -iō -ssisse -ssum = dispellere, omittere
gallus gallīnāceus = gallus
penthiacum -ī n = frusta carnis cocta [?]

aēnum -ī n = vās aēneum

ēlēctiō -ōnis f < ēligere
quotus -a -um? : prīmus? secundus? tertius? quārtus? ...
decuria -ae f (< decem) = dēnī hominēs (servī)
(servus) ēmptīcius = ēmptus

relictus : lēgātus

pōnās : appōnās (convīvīs), coquās
viātor -ōris m = cursor

potentiae (gen = dē potentiā)
dominī admonitum
obsōnium (nōm!) : sūs coquendus

: oportet vōs illud bonum facere

29

saliva -ae *f* = spūtum; ad s.am
facit = facit ut salīva fluat
in *praediō* suburbānō
cōn-fīnis -e (+ *dat*) = cui fīnis
commūnis est, fīnitimus
Tarracīn(i)ēnsēs < Tarracīna,
oppidum Latiī maritimum
agellus -ī *m* = (parvus) ager
mihi libuerit īre

contrōversia -ae *f* = certāmen
dē iūre
dē-clāmāre = ōrātiōnēs habēre
discendī causā ad rhētorem

fastīdīre = dēspicere, spernere;
fastīdītum = fastīdientem
peristasis -is (*acc* -im) *f* = rēs
prōposita, causa
dēclāmātiō -ōnis *f*< dēclāmāre

urbānē *dīxistī*

nesciō quam = aliquam

pollex
-icis *m*

effūsus -a -um = abundāns
prō-sequī laudātiōne = laudāre

num-quid = num

aerumna -ae *f* = labor
tenēs : *memoriā* tenēs, nōvistī
ex-torquēre -sisse -tum = tor-
quendō laedere

ampulla -ae *f*=parva amphora

Σίβυλλα = Sibylla (*Gr*)
τί θέλεις; [*ti theleis?*] = quid
vīs? (*Gr*)
αποθανεῖν θέλω [*apothanein
thelō*] = morī volō (*Gr*)
ef-flāre < ex- + flāre
occupāre = complēre, operīre
celeritās -ātis *f* < celer

bonum faciātis. Deōrum beneficiō nōn emō, sed nunc quicquid ad salīvam facit in suburbānō nāscitur eō quod ego adhūc nōn nōvī – dīcitur cōnfīne esse Tarracīniēnsibus et Tarentīnīs! Nunc coniungere agellīs Siciliam volō, ut cum in Āfricam libuerit īre, per meōs fīnēs nāvigem!

"Sed nārrā tū mihi, Agamemnōn: quam contrōversiam hodiē dēclāmāstī? – Ego autem, sī causās nōn agō, in domūsiōnem tamen litterās didicī. Et nē mē putēs studia fastīdītum, trēs bibliothēcās habeō, ūnam Graecam, alteram Latīnam –. Dīc ergō, sī mē amās, peristasim dēclāmātiōnis tuae."

Cum dīxisset Agamemnōn: "Pauper et dīves inimīcī erant – " ait Trimalchiō: "Quid est 'pauper'?" "Urbānē!" inquit Agamemnōn, et nesciō quam contrōversiam exposuit.

Statim Trimalchiō "Hoc" inquit "sī factum est, contrōversia nōn est. Sī factum nōn est, nihil est!"

Haec aliaque cum effūsissimīs prōsequerēmur laudātiōnibus, "Rogō" inquit, "Agamemnōn mihi cārissime, numquid duodecim aerumnās Herculis tenēs, aut dē Ulixe fābulam quemadmodum illī Cyclōps pollicem extorsit? Solēbam haec ego puer apud Homērum legere. Nam Sibyllam quidem Cūmīs ego ipse oculīs meīs vīdī in ampullā pendēre, et cum illī puerī dīcereńt: "Σίβυλλα, τί θέλεις;" respondēbat illa: "Αποθανεῖν θέλω." "

Nōndum efflāverat omnia, cum repositōrium cum sue 49 ingentī mēnsam occupāvit. Mīrārī nōs celeritātem coepi-

mus et iūrāre 'nē gallum quidem gallīnāceum tam citō
percoquī potuisse!' – tantō quidem magis quod longē
māior nōbīs porcus vidēbātur esse quam paulō ante aper
fuerat.

per-coquere

Deinde magis magisque Trimalchiō intuēns eum
"Quid? Quid?" inquit, "Porcus hic nōn est exinterātus?
Nōn meherculēs est! Vocā, vocā cocum in mediō!"

ex-interāre = viscera dēmere

in mediō : in medium

Cum cōnstitisset ad mēnsam cocus trīstis et dīceret 'sē
oblītum esse exinterāre', "Quid? oblītus?" Trimalchiō ex-
clāmat, "Putēs illum piper et cumīnum nōn coniēcisse!
Dēspoliā!"

cumīnum
-ī n

dēspoliā eum

Nōn fit mora: dēspoliātur cocus, atque inter duōs
tortōrēs maestus cōnsistit. Dēprecārī tamen omnēs coepērunt et dīcere: "Solet fierī. Rogāmus, mittās! Posteā sī
fēcerit, nēmō nostrum prō illō rogābit."

tortor -ōris m (< torquēre)
= quī cruciat
rogāmus ut eum mittās (: im-
pūne dīmittās)

Ego, crūdēlissimae sevēritātis, nōn potuī mē tenēre, sed
inclīnātus ad aurem Agamemnonis "Plānē" inquam "hic
dēbet servus esse nēquissimus: aliquis oblīvīscerētur
porcum exinterāre?! Nōn meherculēs illī ignōscerem sī
piscem praeterīsset!"

sevēritās -ātis f < sevērus

dēbet esse = certē est

sī piscem exinterāre praeter-
iisset (= neglēxisset)

At nōn Trimalchiō – quī relaxātō in hilaritātem vultū
"Ergō" inquit "quia tam malae memoriae es, palam nōbīs
illum exinterā!"

re-laxāre = solvere, lēnīre
hilaritās -ātis f < hilaris
palam prp + abl = cōram

Receptā cocus tunicā cultrum arripuit, porcīque ventrem hinc atque illinc timidā manū secuit. Nec mora: ex
plāgīs ponderis inclīnātiōne crēscentibus tomācula cum
botulīs effūsa sunt!

ar-ripere -uisse -reptum < ad
+ rapere

inclīnātiō -ōnis f < inclīnāre;
ponderis i.e : quia pondus
inclīnābat (premēbat)
botulus -ī m = tomāculum ni-
grum

automatum -ī *n* = rēs arte mī-
rābilī facta
Gāiō fēlīciter *ēveniat!*
nec nōn = atque etiam

cōnsīderāre = intuērī

vāsa Corinth*ia*

īnsolentia -ae *f* < īnsolēns

stēliō
-ōnis *m*

aerārius -ī *m* = quī rēs aereās
vēndit

nesapius -a -um (< ne- + sapere) = ignārus

vafer -fra -frum = quī dolō
ūtitur
stēliō : vir fallāx
con-gerere = cōnferre

miscellāneus -a -um = mixtus
massa -ae *f* = magna metallī
cōpia, mōlēs
catīllus -ī *m* /-um -ī *n* = vās
statunculum -ī *n* = parva
statua

vitrea *n pl* = vāsa vitrea

olēre/olere = odōrem ēmittere

phiala -ae *f* = patera

fēcit re-porrigere : rogāvit ut
sibi re-porrigeret
pavīmentum -ī *n* = solum dūrum (lapidibus opertum)
pote (est) = potest; nōn pote
valdius quam = valdissimē

[*Trimalchiō dē aere Corinthiō, dē vitrō, dē argentō*]

Plausum post hoc automatum familia dedit et "Gāiō 50
fēlīciter!" conclāmāvit. Nec nōn cocus pōtiōne honōrātus
est et argenteā corōnā, pōculumque in lance accēpit Co-
rinthiā. Quam cum Agamemnōn propius cōnsīderāret, ait
Trimalchiō: "Sōlus sum quī vēra Corinthea habeam."

Expectābam ut prō reliquā īnsolentiā dīceret 'sibi vāsa
Corinthō afferrī', sed ille melius "Et forsitan" inquit
"quaeris, quārē sōlus Corinthea vēra possideam? Quia
scīlicet aerārius ā quō emō 'Corinthus' vocātur! Quid est
autem Corintheum nisi quis ā Corinthō habet?

"Et nē mē putētis nesapium esse, valdē bene sciō unde
prīmum Corinthea nāta sint: Cum Īlium captum est, Han-
nibal, homō vafer et magnus stēliō, omnēs statuās aēneās
et aureās et argenteās in ūnum rogum congessit et eās in-
cendit: factae sunt in ūnum aera miscellānea. Ita ex hāc
massā fabrī sustulērunt et fēcērunt catīlla et paropsidēs et
statuncula. Sīc Corinthea nāta sunt, ex omnibus in ūnum,
nec hoc nec illud.

"Ignōscētis mihi quod dīxerō: ego mālō mihi vitrea,
certē nōn olunt. Quod sī nōn frangerentur, māllem mihi
quam aurum. Nunc autem vīlia sunt.

"Fuit tamen faber quī fēcit phialam vitream quae nōn 51
frangēbātur. Admissus ergō ad Caesarem est cum suō
mūnere. ⟨Phialam porrēxit⟩ Caesarī, deinde fēcit repor-
rigere – et illam in pavīmentum prōiēcit! Caesar nōn pote
valdius quam expāvit. At ille sustulit phialam dē terrā:

32

collīsa erat tamquam vāsum aēneum. Deinde martiolum dē sinū prōtulit, et phialam ōtiō bellē corrēxit. Hōc factō, putābat sē solium Iovis tenēre, utique postquam ille dīxit: "Numquid alius scit hanc condītūram vitreōrum?" Vidē modo: postquam negāvit, iussit illum Caesar dēcollārī! – quia enim, sī scītum esset, aurum prō lutō habērēmus.

scyphus -ī *m*

capis -idis *f*

calix -icis *m*

52 "In argentō plānē studiōsus sum. Habeō scyphōs urnālēs – plūs minus – ⟨*⟩ quemadmodum Cassandra occīdit fīliōs suōs, et puerī mortuī iacent sīc ut vīvere putēs! Habeō capidem ... ubi Daedalus Niobam in equum Trōiānum inclūdit. Nam Hermerōtis pugnās et Petraītis in pōculīs habeō, omnia ponderōsa. Meum enim intellegere nūllā pecūniā vēndō!"

Haec dum refert, puer calicem prōiēcit. Ad quem respiciēns Trimalchiō "Citō" inquit "tē ipsum caede, quia nūgāx es!" Statim puer dēmissō labrō ōrāre. At ille "Quid mē" inquit "rogās? Tamquam ego tibi molestus sim! Suādeō, ā tē impetrēs nē sīs nūgāx!" Tandem ergō exōrātus ā nōbīs missiōnem dedit puerō. Ille dīmissus circā mēnsam percucurrit. ⟨*⟩

⟨Hīc matellam poposcit Trimalchiō⟩ et "Aquam forās, vīnum intrō!" clāmāvit. Excipimus urbānitātem iocantis, et ante omnēs Agamemnōn, quī sciēbat quibus meritīs revocārētur ad cēnam! Cēterum laudātus Trimalchiō hila-

col-līdere -sisse -sum < con- + laedere
vāsum -ī *n* = vās
ōtiō (*abl*) : quiētē
solium Iovis tenēre : fēlīcissimum esse

condītūr*ȧ* -ae *f* = modus cōnficiendī
dē-collāre (< collum) = secūrī necāre
prō lutō habēre = minimī aestimāre
in argentō studiōsus : argentī s.
urnālis -e = quī *urnam* (= amphorae dīmidium) capit
⟨*⟩ (ōrnātōs imāginibus)
nōn Cassandra, sed *Mēdēa* fīliōs suōs occīdit

Daedalus *Pāsiphaēn* in *vaccam* ligneam inclūsit (Pāsiphaē -ēs *f,* Sōlis fīlia, coniūnx Mīnōis, māter Mīnōtaurī)
Hermerōs -ōtis, Petraītēs -is, gladiātōrēs illūstrēs

ponderōsus -a -um = gravis
intellegere *n indēcl* = mēns intellegēns

re-ferre = memorāre, nārrāre

caede : verberā

nūgāx -ācis *adi* < nūgae
ōrāre *coepit*

tibi suādeō *ut...*

ex-ōrāre = ōrandō mītigāre

missiō -ōnis *f* < mittere; missiōnem dare = ignōscere
per-currere

intrō *adv* ↔ forās
plausū excipimus

re-vocāre = iterum vocāre

33

PETRONII

ēbriō proximus = paene ēbrius

cordāx -ācis *m* = genus sal-
tandī rapidum

histriō -ōnis *m* = quī in theā-
trō fābulās agit
ex-hibēre = imitārī
con-cinere = simul canere

madeia perimadeia [?]

dīxerit : eam dīxisse

gravitās -ātis *f* < gravis
ineptiae -ārum *f pl* = nūgae

āctuārius -ī *m* = servus quī
ācta scrībit et recitat
ācta -ōrum *n pl* = negōtia
ācta quae scrībuntur
saltātiō -ōnis *f* < saltāre

Cūmānus -a -um < Cūmae

horreum -ī *n* = aedificium ubi
frūmentum servātur
ārea -ae *f* = locus ubi frūmentum *teritur*
modi*um* = modi*ōrum*
domāre -uisse -itum = mītem
facere (bēstiam feram)
in crucem agere = crucī fīgere

Gāī *gen* = Gāiī

arca
-ae *f*

centiēs *centēna mīlia*

hortī = vīlla (cum hortō)
Pompēiānus -a -um < Pom-
pēiī, oppidum Campāniae
vīlicus -ī *m* = servus quī vīl-
lae rūsticae (praediō) prae-
positus est

cordāx

rius bibit et iam ēbriō proximus "Nēmō" inquit "vestrum rogat Fortūnātam meam ut saltet? Crēdite mihi: cordācem nēmō melius dūcit." Atque ipse, ērēctīs suprā frontem manibus, Syrum histriōnem ex-hibēbat, concinente tōtā familiā: *Madeia perimadeia!* Et prōdīsset in medium, nisi Fortūnāta ad aurem accessisset – crēdō, dīxerit 'nōn decēre gravitātem eius tam humilēs ineptiās!' ...

[*Āctuārius ācta praediōrum recitat*]

Et plānē interpellāvit saltātiōnis libīdinem āctuārius, 53 quī tamquam urbis ācta recitāvit:

horreum -ī *n*
ārea
-ae *f*
frūmentum teritur (pulsātur ut sēmen dīvidātur ā paleā)

VII kalendās Sextīlēs: in prae-diō Cūmānō, quod est Trimal-chiōnis, nātī sunt puerī XXX, pu-ellae XL; sublāta in horreum ex āreā trīticī mīlia modium quīn-genta; bovēs domitī quīngentī.

Eōdem diē: Mithridātēs servus in crucem āctus est, quia Gāī nostrī geniō male dīxerat.

Eōdem diē: In arcam relātum est quod collocārī nōn potuit: sēstertium centiēs.

Eōdem diē: Incendium factum est in hortīs Pompēiānīs, ortum ex aedibus Nastae vīlicī.

"Quid?" inquit Trimalchiō, "Quandō mihi Pompēiānī hortī ēmptī sunt?"

34

"Annō priōre" inquit āctuārius, "et ideō in ratiōnem nōndum vēnērunt."

Excanduit Trimalchiō et "Quīcumque" inquit "mihi fundī ēmptī fuerint, nisi intrā sextum mēnsem scierō, in ratiōnēs meās īnferrī vetuō." ...

ex-candēscere -duisse = īrā incendī
ēmptī *fuerint* = ēmptī *erunt*
scierō = scīverō
vetuō : vetō

[*Petauristārius dēlāpsus bracchium dominī contundit*]

Petauristāriī autem tandem vēnērunt. Bārō īnsulsissimus cum scālīs cōnstitit, puerumque iussit per gradūs et in summā parte gradus ōdaria saltāre, circulōs deinde ārdentēs trānsilīre et dentibus amphoram sustinēre. Mīrābātur haec sōlus Trimalchiō

scālae -ārum *f pl*

dīcēbatque 'ingrātum artificium esse. Cēterum duo esse in rēbus hūmānīs quae libentissimē spectāret: petauristāriōs et cornicinēs – reliqua acroāmata trīcās merās esse.' "Nam et cōmoedōs" inquit "ēmeram, et māluī illōs Ātellāniam facere, et choraulēn meum iussī Latīnē cantāre."

54   Cum māximē haec dīcente eō, puer ⟨* in lectum⟩ Trimalchiōnis dēlāpsus est. Conclāmāvit familia, nec minus convīvae, nōn propter hominem tam pūtidum, cuius etiam cervīcēs frāctās libenter vīdissent, sed propter malum exitum cēnae, nē necesse habērent aliēnum mortuum plōrāre. Ipse Trimalchiō cum graviter ingemuisset superque bracchium tamquam laesum incubuisset, concurrēre medicī, et inter prīmōs Fortūnāta crīnibus

con-tundere -tudisse -tūsum = laedere
bārō -ōnis *m* = vir stultus
īnsulsus -a -um = molestus

ōdarium -ī *n* = carmen; ōdaria saltāre = saltāre ad ōdaria

in-grātus -a -um ↔ grātus

acroāma -atis *n* = rēs quā convīvae dēlectantur
trīcae -ārum *f pl* = nūgae
cōmoedus -ī *m* = histriō quī cōmoediās agit
Ātellānia -ae *f* = cōmoedia Campāna rīdicula
choraulēs -ae *m* = tībīcen
cum māximē (haec dīcente eō) = eō ipsō tempore quō (haec dīxit)
nec minus = nec nōn, atque etiam
pūtidus -a -um = male olēns, foedus

necesse habeō = mihi necesse est
in-gemēscere -muisse = gemere incipere
in-cumbere -cubuisse

35

passīs cum scyphō, 'miseramque sē atque īnfēlīcem!'
prōclāmāvit. Nam puer quidem quī ceciderat circumībat
iam dūdum pedēs nostrōs et missiōnem rogābat. Pessimē
mihi erat nē hīs precibus per rīdiculum aliquid cata-
strophae quaererētur; nec enim adhūc exciderat cocus ille
quī oblītus fuerat porcum exinterāre. Itaque tōtum
circumspicere triclīnium coepī, nē per parietem automatum aliquod exīret, utique postquam servus verberārī
coepit quī bracchium dominī contūsum albā potius quam
conchȳliātā involverat lānā. Nec longē aberrāvit suspīciō
mea: in vicem enim poenae vēnit dēcrētum Trimalchiōnis
quō puerum iussit līberum esse, 'nē quis posset dīcere
tantum virum esse ā servō vulnerātum!'

Comprobāmus nōs factum, et 'quam in praecipitī rēs 55
hūmānae essent' variō sermōne garrīmus.

"Ita" inquit Trimalchiō "nōn oportet hunc cāsum sine
īnscrīptiōne trānsīre," statimque cōdicillōs poposcit et,
nōn diū cōgitātiōne distortā, haec recitāvit:

Quod nōn expectēs, ex trānsversō fit ⟨∪ — —,

— ⟩ *et suprā nōs Fortūna negōtia cūrat.*

Quārē dā nōbīs vīna Falerna, puer!

Ab hōc epigrammate coepit poētārum esse mentiō. ...

[*Capitula 55–58:*

*Poētārum mentiōne factā, Trimalchiō versūs dē luxuriā
Rōmānōrum recitat. Apophorēta convīvīs distribuuntur.
Ascyltos et Gītōn cum omnia ēlūdant ac rīdeant, Herme-
rōs ēloquēns iīs convīcium facit.*]

pessimē mihi erat = māximae
cūrae mihi erat, timēbam
per rīdiculum = rīdiculī causā
catastropha -ae f = rēs mīra
inexspectāta
ex-cidere -disse <-cadere; *mihi*
(*ē memoriā*) exciderat
oblītus *fuerat* = oblītus *erat*
circum-spicere = circum sē
aspicere

albā potius quam conchȳliātā
: nōn conchȳliātā, sed albā

in vicem poenae = in locō
poenae, prō poenā
dēcrētum -ī n = quod dē-
crētum est, imperium

com-probāre = probāre
in praecipitī = in perīculō
garrīre = fābulārī

cōdicillī -ōrum m pl = tabella

dis-torquēre: hūc illūc torquēre
ex trānsversō = praeter ex-
spectātiōnem, repente
nostra negōtia

mentiō +*gen:* mentiō est/fit
alicuius = dē aliquō (= aliquis memorātur)

luxuria -ae f = luxus

apophorētum -ī n = dōnum a.

convīcium -ī n = verba male-
dīcentia et dērīdentia

36

[*Homēristae*]

59 Coeperat Ascyltos respondēre convīciō, sed Trimalchiō dēlectātus collībertī ēloquentiā "Agite!" inquit "scordaliās dē mediō! Suāviter sit potius, et tū, Hermerōs, parce adulēscentulō! Sanguen illī fervet, tū melior estō! Semper in hāc rē quī vincitur vincit. Et tū cum essēs cāpō: "Cococōcō!" atque cor nōn habēbās. Sīmus ergō, quod melius est, ā prīmitiīs hilarēs et *Homēristās* spectēmus."

Intrāvit factiō statim hastīsque scūta concrepuit. Ipse Trimalchiō in pulvīnō cōnsēdit, et cum Homēristae Graecīs versibus colloquerentur, ut īnsolenter solent, ille canōrā vōce Latīnē legēbat librum.

Mox silentiō factō "Scītis" inquit "quam fābulam agant? Diomēdēs et Ganymēdēs duo frātrēs fuērunt. Hōrum soror erat Helena. Agamemnōn illam rapuit et Diānae cervam subiēcit. Ita nunc Homēros dīcit quemadmodum inter sē pugnent Trōiānī et Parentīnī. Vīcit scīlicet, et Īphigenīam, fīliam suam, Achillī dedit uxōrem. Ob eam rem Āiāx īnsānit et statim argūmentum explicābit."

galea
-ae *f*

Haec ut dīxit Trimalchiō, clāmōrem Homēristae sustulērunt, interque familiam discurrentem vitulus in lance ducēnāriā ēlixus allātus est, et quidem galeātus. Secūtus est Āiāx, strictōque gladiō, tamquam īnsānīret, vitulum concīdit, ac modo versā modo supīnā gesticulātus mucrōne frusta

mucrō
-ōnis *m* collēgit mīrantibusque partītus est.

Homērista -ae *m* = histriō quī versūs Homērī recitat

ēloquentia -ae *f* < ēloquēns
scordaliae -ārum *f pl* = rīxa
suāviter sit *nōbīs* (= suāviter nōs habeāmus)
sanguen -inis *n* = sanguis

cāpō -ōnis *m* = gallus iuvenis
"Cocococō" *faciēbās*
cor nōn habēre = nōn sapere

prīmitiae -ārum *f pl* = initium;
ā prīmitiīs = funditus

factiō : grex

pulvīnus -ī *m* = cervīcal

canōrus -a -um = canēns

Diomēdēs et Ganymēdēs :
 Castor et Pollūx
Agamemnōn : *Paris*
cervus -ī *m*, cerva -ae *f*
sub-icere (+*dat*) = in locō eius pōnere (*Diāna* cervam subiēcit *Īphigenīae* sacrificandae)
Parentīnī [?] : *Graecī*
vīcit scīlicet *Agamemnōn*

īnsānīre = īnsānus esse, furere
argūmentum -ī *n*: a. (fābulae) = quae in fābulā aguntur
explicāre = explānāre

ducēnārius -a -um = CC lībrārum
ēlixus -a -um = aquā ferventī coctus
galeātus = galeam gerēns
con-cīdere -disse -sum = secāre
versā *manū*
supīnus -a -um = iacēns faciē sūrsum versā; supīnā *manū* = manū sūrsum versā.

stropha -ae *f* = rēs mīranda
lacūnar -āris *n* = pars tēctī quadrāta; *pl* tēctum (interius)
in-tremere = tremere
cōnsternāre = perturbāre
ex-surgere = surgere

lacūnāria
dē lacūnāribus

alabaster -trī *m* = ampulla

Priāpus -ī *m*, deus frūctuum
et hortōrum
pōmum -ī *n* = frūctus arboris
(ut mālum, pirum, prūnum,
fīcus...)

Nec diū mīrārī licuit tam ēlegantēs strophās; nam 60 repente lacūnāria sonāre coepērunt tōtumque triclīnium intremuit. Cōnsternātus ego exsurrēxī et timuī nē per tēctum petauristārius aliquis dēscenderet. Nec minus reliquī convīvae mīrantēs ērēxēre vultūs, expectantēs quid novī dē caelō nūntiārētur. Ecce autem dēductus lacūnāribus subitō circulus ingēns dēmittitur, cuius per tōtum orbem corōnae aureae cum alabastrīs unguentī pendēbant.

Dum haec apophorēta iubēmur sūmere, respiciēns ad mēnsam ⟨*⟩ ; iam illīc repositōrium cum placentīs aliquot erat positum, quod medium Priāpus ā pistōre factus tenēbat, gremiōque satis amplō omnis generis pōma et ūvās sustinēbat. ...

⟨*⟩ ...

[*Fābula dē mīlite in lupum mūtātō*]

Nīcerōs -ōtis *m*
suāvius esse : s. tē habēre
convīctus -ūs *m* = convīvium
nesciō quid = aliquā dē causā
muttīre = quicquam loquī

ūsū venīre = ēvenīre

affābilitās -ātis *f* = līberālitās
trānseat : praetereat
gaudimōnium -ī *n* = gaudium
dis-silīre < dis- + salīre
hilaria *n pl* : hilaritās

vīderint (: videant) *quid
faciant* : rīdeant modo
auferre +*dat* = adimere
satius = melius

Postquam ergō omnēs bonam mentem bonamque valē- 61 tūdinem sibi optārunt, Trimalchiō ad Nīcerōtem respexit et "Solēbās" inquit "suāvius esse in convīctū; nesciō quid nunc tacēs nec muttīs. Ōrō tē – sīc fēlīcem mē videās! – nārrā illud quod tibi ūsū vēnit."

Nīcerōs dēlectātus affābilitāte amīcī "Omne mē" inquit "lucrum trānseat, nisi iam dūdum gaudimōniō dissiliō, quod tē tālem videō. Itaque hilaria mera sint, etsī timeō istōs scholasticōs, nē mē rīdeant. Vīderint: nārrābō tamen – quid enim mihi aufert quī rīdet? Satius est rīdērī quam dērīdērī."

38

Haec ubi dicta dedit, tālem fābulam exōrsus est:

"Cum adhūc servīrem, habitābāmus in vīcō angustō, nunc Gavillae domus est. Ibi, quōmodo diī volunt, amāre coepī uxōrem Terentiī cōpōnis – nōverātis Melissam Tarentīnam, pulcherrimum bacciballum. Sed ego nōn meherculēs corporāliter illam aut propter rēs veneriās cūrāvī, sed magis quod benemōria fuit. Sī quid ab illā petiī, numquam mihi negātum; fēcit assem, sēmissem habuī – in illīus sinum dēmandāvī, nec umquam fefellitus sum.

"Huius contubernālis ad vīllam suprēmum diem obiit. Itaque per scūtum per ocream ēgī agināvī quemadmodum ad illam pervenīrem – ut āiunt: in angustiīs amīcī appārent.

62   "Forte dominus Capuae exierat ad scrūta scīta expedienda. Nactus ego occāsiōnem persuādeō hospitem nostrum ut mēcum ad quīntum mīliārium veniat. Erat autem mīles, fortis tamquam Orcus.

"Apoculāmus nōs circā gallicinia. Lūna lūcēbat tamquam merīdiē. Venīmus inter monimenta. Homō meus coepit ad stēlās facere. Sedeō ego cantābundus et stēlās numerō. Deinde ut respexī ad comitem, ille exuit sē et omnia vestīmenta secundum viam posuit. Mihi anima in nāsō esse, stābam tamquam mortuus. At ille circummīnxit vestīmenta sua – et subitō lupus factus est!

"Nōlīte mē iocārī putāre! Ut mentiar, nūllīus patrimōnium tantī faciō. Sed, quod coeperam dīcere, postquam lupus factus est, ululāre coepit et in silvās fūgit.

Haec ubi...: Aenēis II.790...
ex-ōrdīrī -ōrsum = ōrdīrī

ocrea
-ae *f*

bacciballum -ī *n* = bella
  fēmina amanda [?]
corporālis -e < corpus
venerius -a -um < Venus
benemōrius -a -um = bonīs
  mōribus
sēmis -issis *m* = as dīmidius
dē-mandāre = trādere, crēdere
fefellitus = falsus *part* < fallere
contubernālis -is *m/f* = servus
  /ancilla cum ancillā/servō
  habitāns (quasi coniugēs)
per scūtum per ocream = omnibus modīs
agināre = festīnāre [?]
angustiae -ārum *f pl* (< angustus) = rēs difficilēs
Capu*ae* : Capu*am*
scrūta (scīta) -ōrum *n pl*
  = variae rēs
persuādeō hospit*ī* nostr*ō*

apoculāre sē = proficīscī
gallicinium -ī *n* = gallī cantus
monu*menta* : sepulcra, quae
  extrā portam locata sunt
facere su*ā* r*ē* caus*ā*
cantābundus -a -um = cantāns
stēla -ae *f* = statua lapidea
ex-uere -uisse ↔ induere; sē
  exuere = vestem pōnere
secundum *prp* + *acc* = iūxtā
  esse : erat
mēiere mīnxisse mictum =
  vēsīcam exonerāre; circummīnxit

facere (+ *gen*) = aestimāre;
tantī faciō = tantī (pretiī)
aestimō (ut mentiar)

prīmitus *adv* = prīmō

quī = quis
morī : moriēbātur
matauitatau [?]

in larvam *mūtātus* : ut larva

bifurcum -ī *n* = corpus et crūra
volābat : fluēbat
re-ficī = ad sē redīre, con-
valēscere
sērō *adv* = sērā nocte

ad-iūtāre = adiuvāre; *nōs* ad-
iūtā*vissēs*

lanius -ī *m* = laniō; sanguinem
illīs mīsit : illa trucīdāvit
nōs dērīsit
lancea -ae *f* = hasta
trā-icere -iēcisse -iectum (<
trāns- + iacere) = trānsfīgere
operīre oculōs = claudere o.
com-pīlāre = spoliāre (cōpō
quīdam nārrātur compīlātus
esse ab hospite quī dīxit 'sē
lupum fierī')

bovis *nōm* = bōs

pellis
-is *f*

versi-pellis -e = quī *pellem*
vertit (: mūtat)

ex-opīnissāre = putāre, cōgi-
tāre (= *opīnārī*)

mattea -ae *f* = cibus dēlicātus
ānserīnus -a -um < ānser

"Ego prīmitus nesciēbam ubi essem. Deinde accessī, ut vestīmenta eius tollerem: illa autem lapidea facta sunt!

"Quī morī timōre nisi ego? Gladium tamen strīnxī et – *matauitatau!* – umbrās cecīdī, dōnec ad vīllam amīcae meae pervenīrem. In larvam intrāvī, paene animam ēbullīvī, sūdor mihi per bifurcum volābat, oculī mortuī, vix umquam refectus sum.

"Melissa mea mīrārī coepit quod tam sērō ambulārem, et "Sī ante" inquit "vēnissēs, saltem nōbīs adiūtāssēs: lupus enim vīllam intrāvit et omnia pecora – tamquam lanius sanguinem illīs mīsit! Nec tamen dērīsit, etiam sī fūgit, servus enim noster lanceā collum eius trāiēcit."

"Haec ut audīvī, operīre oculōs amplius nōn potuī, sed lūce clārā domum fūgī tamquam cōpō compīlātus, et postquam vēnī in illum locum in quō lapidea vestīmenta erant facta, nihil invēnī nisi sanguinem! Ut vērō domum vēnī, iacēbat mīles meus in lectō tamquam bovis, et collum illīus medicus cūrābat.

"Intellēxī illum versipellem esse, nec posteā cum illō pānem gustāre potuī, nōn sī mē occīdissēs!

"Vīderint aliī quid dē hōc exopīnissent. Ego sī mentior, geniōs vestrōs īrātōs habeam!"

[*Cap. 63–64:*

Trimalchiō item fābulam horribilem nārrat. Tum alium convīvam ad cantandum hortātur. Canem suum addūcī iubet, quī cum parvō cane pugnāns tumultum facit. Īnsequuntur matteae: gallīnae altilēs et ōva ānserīna.]

[Habinnās et Scintilla]

65 Inter haec triclīniī valvās līctor percussit, amictusque
veste albā cum ingentī frequentiā cōmissātor intrāvit. Ego
māiestāte conterritus praetōrem putābam vēnisse; itaque
temptāvī assurgere et nūdōs pedēs in terram dēferre. Rīsit
hanc trepidātiōnem Agamemnōn et "Continē tē" inquit,
"homō stultissime! Habinnās sēvir est īdemque lapidārius, quī vidētur monumenta optimē facere."

Recreātus hōc sermōne reposuī cubitum, Habinnamque
intrantem cum admīrātiōne ingentī spectābam.

Ille autem iam ēbrius uxōris suae umerīs imposuerat
manūs, onerātusque aliquot corōnīs, et unguentō per
frontem in oculōs fluente, praetōriō locō sē posuit,
continuōque vīnum et caldam poposcit.

Dēlectātus hāc Trimalchiō hilaritāte et ipse capāciōrem
poposcit scyphum quaesīvitque 'quōmodo acceptus esset?'

"Omnia" inquit "habuimus praeter tē; oculī enim meī
hīc erant. Et meherculēs bene fuit. Scissa lautum novendiāle servō suō misellō faciēbat, quem mortuum manū
mīserat. ... Sed tamen suāviter fuit, etiam sī coāctī sumus
dīmidiās pōtiōnēs super ossucula eius effundere!"

66 "Tamen" inquit Trimalchiō "quid habuistis in cēnā?"

"Dīcam" inquit "sī potuerō – nam tam bonae memoriae
sum ut frequenter nōmen meum oblīvīscar! Habuimus
tamen in prīmō porcum pōculō corōnātum, et circā san-
gunculum et gizeria optimē facta, et certē bētam et pānem
autopȳrum dē suō sibi, quem ego mālō quam candidum:

---

valvae -ārum *f pl* = forēs
frequentia -ae *f* (< frequēns)
    = multitūdō (hominum)
cōmissātor -ōris *m* = convīva
    hilaris atque ēbrius
māiestās -ātis *f* = auctōritās
con-terrēre = terrēre
as-surgere = surgere

sēvir *Augustālis* (cui anteit
    līctor cum fascibus)

re-creāre = rūrsus cōnstantem
    facere

corōnīs, unguentō: mōs est
    cōmissātōrī caput ungī et
    corōnīs ōrnārī
praetōrius -a -um < praetor;
    p. locus : īmus in mediō
cal(i)da -ae *f* = aqua calida

capāx -ācis = quī multum
    capit (: continet)

Scissa, dominus conviviī
novendiāle -is *n* (< novem +
    diēs) = cena quae nōnō diē
    post fūnus datur

ossucula -ōrum *n pl* = ossa

bēta
-ae *f*

in prīmō *ferculō*
    corōnāre < corōna; [pōculō?]
sangunculus -ī *m* = botulus
gizeria -ōrum *n pl* = viscera
    gallīnae (cor, iecur, cēt.)
pānis autopȳrus = ē farīnā
    crassā (nōn pūrgātā) coctus
    dē suō sibi : domī coctum

41

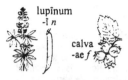

lupīnum
-ī n

calva
-ae f

nōn minimum = plūrimum
mē ūsque tetigī = mē implēvī
calvae *nucēs* : nucēs parvae
arbitrātus -ūs *m* < arbitrārī;
  arbitrātū (tuō) = quantum
  vīs, quantum/quot libet
vern(ul)a -ae *m* = servus
  domī nātus

prōspectus -ūs *m* <prōspicere;
  in prōspectū [?]
ursīnus -a -um < *ursus; f* carō
  ursīna
intestīna -ōrum *n pl* = viscera
vomere -uisse -itum = per ōs
  ēmittere
plūs *quam* lībram
sapere: aprum s. = gustantī
  aper vidērī

in summō = postrēmō
sapa -ae *f* = pōtiō ē pōmīs; ex
  sapā : cum sapā parātum
chorda -ae *f* = venter bovis
hēpatia *n pl* = iecur coctum
pilleātus < pilleus; ōva p.a [?]
(catīllum) concagātum [?]
pax! = satis! (Palamēdēs [?])

ursus
-ī *m*

nō*v*istī
com-pōnere = suō locō pō-
  nere (↔ prōmere)
reliquiae -ārum *f pl* = quae
  reliqua sunt

atquī = at tamen

quater amplius = amplius
  (plūs) quam quater

et vīrēs facit et cum meā rē causā faciō nōn plōrō! Sequēns ferculum fuit scriblīta frīgida, et suprā mel caldum īnfūsum excellente Hispānum. Itaque dē scriblītā quidem nōn minimum ēdī, dē melle mē ūsque tetigī. Circā cicer et lupīnum, calvae arbitrātū, et māla singula – ego tamen duo sustulī, et ecce in mappā alligāta habeō; nam sī aliquid mūneris meō vernulae nōn tulerō, habēbō convīcium.

"Bene mē admonet domina mea: in prōspectū habu-imus ursīnae frustum, dē quō cum imprūdēns Scintilla gustāsset, paene intestīna sua vomuit! Ego contrā plūs lībram comēdī, nam ipsum aprum sapiēbat. Et sī, inquam, ursus homunciōnem comēst, quantō magis homunciō dēbet ursum comēsse? In summō habuimus cāseum mollem ex sapā et cochleās singulās et chordae frusta et hēpatia in catīllīs et ōva pilleāta et rāpam et senāpe et catīllum concagātum – *pax Palamēdēs!* .....

cāseus   cochlea   rāpa   senāpe
-ī *m*   -ae *f*   -ae *f*   indēcl

"Sed nārrā mihi, Gāī, rogō, Fortūnāta quārē nōn re-67
cumbit?"

"Quōmodo nōstī" inquit . "illam" Trimalchiō, "nisi argentum composuerit, nisi reliquiās puerīs dīvīserit, aquam in ōs suum nōn coniciet."

"Atquī" respondit Habinnās "nisi illa discumbit, ego mē apoculō," et coepit surgere – nisi signō datō Fortūnāta quater amplius ā tōtā familiā esset vocāta.

Vēnit ergō, galbinō succīncta cingillō, ita ut īnfrā cerasina appārēret tunica et periscelidēs tortae phaecasiaeque inaurātae. Tunc sūdāriō manūs tergēns, quod in collō habēbat, applicat sē illī torō in quō Scintilla Habinnae discumbēbat uxor, ōsculātaque plaudentem "Est tē" inquit "vidēre?"

Eō deinde perventum est ut Fortūnāta armillās suās crassissimīs dētraheret lacertīs Scintillaeque mīrantī ostenderet. Ultimō etiam periscelidēs resolvit et rēticulum aureum quem 'ex obrussā' esse dīcēbat.

Notāvit haec Trimalchiō iussitque afferrī omnia, et "Vidētis" inquit "mulieris compedēs: sīc nōs barcalae dēspoliāmur. Sex pondō et sēlībram dēbet habēre. Et ipse nihilō minus habeō decem pondō armillam ex mīllēsimīs Mercuriī factam." Ultimō etiam, nē mentīrī vidērētur, statēram iussit afferrī et circumlātum approbārī pondus.

Nec melior Scintilla, quae dē cervīce suā capsellam dētrāxit aureolam, quam 'Fēlīciōnem' appellābat. Inde duo crotalia prōtulit et Fortūnātae in vicem cōnsīderanda dedit, et "Dominī" inquit "meī beneficiō nēmō habet meliōra."

"Quid?" inquit Habinnās, "excatarissāstī mē, ut tibi emerem fabam vitream. Plānē sī fīliam habērem, auriculās illī praecīderem! Mulierēs sī nōn essent, omnia prō lutō habērēmus – nunc hoc est caldum mēiere et frīgidum pōtāre!"

periscelis torta

phaecasia

crotalia

capsella -ae f

faba -ae f

galbinus -a -um = colōre frūmentī immātūrī
cingillum -ī n = cingulum
periscelis -idis f: ōrnāmentum crūris
phaecasia -ae f: calceus ōrnātus
in-aurātus -a -um = aurātus
sūdārium -ī n = mappa

ap-plicāre sē (+ dat) = sē pōnere (in), incumbere
est tē vidēre? = licet tē vidēre?

dē crassissimīs lacertīs
ultimō adv = postrēmō
re-solvere
rēticulus -ī m = parvum rēte (quō capillus retineātur)
obrussa -ae f = aurum pūrum

com-pedēs -um f pl = vincula pedum
barcala -ae m = vir stultus [?]
dēbet habēre = certē habet
VI/X pondō : VI/X lībrās/-ārum
mīllēsima (pars) = $^1/_{1000}$; Trimalchiō vidētur mīllēsimam lucrī suī Mercuriō vōvisse

ap-probāre = probāre, experīrī
nec melior fuit Scintilla

aureolus -a -um = aureus
Fēlīciō -ōnis f < fēlīx
crotalia -ōrum n pl = gemmae dē auribus pendentēs
in vicem : contrā

ex-catarissāre = spoliāre, compīlāre
faba vitrea (!) : gemma
auricula -ae f = auris
prae-cīdere = secāre

sauciae : ēbriae

dēliciās : amīcās
in-dīligentia = neglegentia
co-haerēre = coniungī
fūrtim *adv* = velut fūr, clam
cōn-surgere = surgere

composita : cum vestem
 composuisset
rubor -ōris *m* = color ruber
abs-condere -disse -ditum
 = cēlāre

epidīpnis -idis *f* = mēnsa se-
 cunda

luscinia
 -ae *f*

ministrāre = convīvīs dare

ad pedēs: in convīviō servus
 ad pedēs dominī sedet

Intereā medium...: Aenēis V.1
 (: in mediō marī nāvigābat)
acidus -a -um = acerbus
barbaria -ae *f*=animus barbarus
 : praeterquam quod errāns
 barbarus aut adiēcit (auxit)
 aut (dē)minuit clāmōrem
dē-minuere = minuere
Ātellānicus -a -um < Ātellānia
offendere -disse -ēnsum = laedere (animum), displicēre

Interim mulierēs sauciae inter sē rīsērunt ēbriaque iūnxērunt ōscula, dum altera dīligentiam mātris familiae iactat, altera dēliciās et indīligentiam virī. Dumque sīc cohaerent, Habinnās fūrtim cōnsurrēxit pedēsque Fortūnātae correptōs super lectum immīsit.

"Au, au!" illa prōclāmāvit, aberrante tunicā super genua. Composita ergō in gremiō Scintillae, incēnsissimam rubōre faciem sūdāriō abscondit.

[*Mēnsae secundae sīve epidīpnis*]

Interpositō deinde spatiō, cum 'secundās mēnsās' Tri- 68 malchiō iussisset afferrī, sustulērunt servī omnēs mēnsās et aliās attulērunt. ...

Statim Trimalchiō "Poteram quidem" inquit "hōc ferculō esse contentus, 'secundās' enim 'mēnsās' habētis! Sed, sī quid bellī habēs, affer!"

Interim puer Alexandrīnus, quī caldam ministrābat, lusciniās coepit imitārī, clāmante Trimalchiōne subinde: "Mūtā!"

Ecce alius lūdus: servus quī ad pedēs Habinnae sedēbat, iussus, crēdō, ā dominō suō, prōclāmāvit subitō canōrā vōce:

Intereā medium Aenēās iam classe tenēbat –

Nūllus sonus umquam acidior percussit aurēs meās, nam – praeter errantis barbariae aut adiectum aut dēminūtum clāmōrem – miscēbat Ātellānicōs versūs, ut tunc prīmum mē etiam Vergilius offenderit! ...

44

59 Nec ūllus tot malōrum fīnis fuisset nisi epidīpnis esset allāta: turdī silīgineī ūvīs passīs nucibusque farsī. Īnsecūta sunt Cydōnia etiam māla spīnīs cōnfīxa, ut echīnōs efficerent.

spīna -ae f mālum Cydōnium echīnus -ī m

Et haec quidem tolerābilia erant, sī nōn ferculum longē mōnstrōsius effēcisset ut vel fame perīre māllēmus! Nam cum positus esset – ut nōs putābāmus – ānser altilis circāque piscēs et omnium genera avium, "Amīcī" inquit Trimalchiō, "quicquid vidētis hīc positum, dē ūnō corpore est factum."

Ego, scīlicet homō prūdentissimus, statim intellēxī quid esset, et respiciēns Agamemnonem "Mīrābor" inquam "nisi omnia ista dē ⟨*⟩ facta sunt aut certē dē lutō. Vīdī Rōmae Sāturnālibus eiusmodī cēnārum imāginem fierī."

70 Necdum fīnieram sermōnem, cum Trimalchiō ait: "Ita crēscam patrimōniō (nōn corpore!) ut ista cocus meus dē porcō fēcit. Nōn potest esse pretiōsior homō. Volueris: dē vulvā faciet piscem, dē lārdō palumbum, dē pernā turturem, dē cōlēpiō gallīnam. Et ideō ingeniō meō impositum est illī nōmen bellissimum, nam 'Daedalus' vocātur. Et quia bonam mentem habet, attulī illī Rōmā mūnus: cultrōs Nōricō ferrō." Quōs statim iussit afferrī īnspectōsque mīrātus est; etiam nōbīs potestātem fēcit ut mucrōnem ad buccam probārēmus.

---

siligineus -a -um <siligō -inis
f = genus trīticī (farīnae)
ūvae passae = ūvae siccātae
farcīre -sisse -sum = implēre comprimendō
cōn-fīgere = fīgere

Cydōnius -a -um < Cydōnea -ae f, cīvitās Crētae

tolerābilis -e = quī tolerārī potest
mōnstrōsus -a -um (< mōnstrum) = horribilis
vel = etiam

omnium genera avium = omnia genera avium

palumbus -ī m: columba silvātica

⟨*⟩ vocābulum deest

imāgō reī = quod rem imitātur

-ieram = -īveram

turtur -uris m
sī volueris

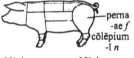
perna -ae f
cōlēpium -ī n

Nōricus -a -um < Nōricum -ī n, prōvincia Alpium ad Dānuvium; ē Nōricō ferrō

ad buccam expertī

45

pecten
-inis *m*

lītigāre = certāre (dē iūre)
sententiam tulit dēcernentis :
  dēcrētum probāvit iūdicis
alter alterīus amphoram...
fustis -is *m* = baculum grave
intentāre oculōs in = intentē
  spectāre
proeliārī (<proelium)=pugnāre
gastra -ae *f* = amphora crassa

ostreum -ī *n*   pecten -inis *m*

tremulus -a -um = tremēns
taeter -tra -trum = foedus

secuntur = sequuntur
in-audītus -a -um = īnsolēns
pelvis -is *f* = vās humile
ungere ūnxisse ūnctum
  = unguentō lavāre
ante *adv* = anteā
vīnārium -ī *n* = vās vīnī

tālus
-ī *m*

factiōnēs II circēnsēs: (1) *pra-
sinī*, (2) *venetī* (colōre maris)
permittō *ut discumbās*
prasiniānus -ī *m* = fautor pra-
sinōrum lūdīs circēnsibus
fāmōsus -a -um < fāma
quid multa *dīcam?*

muria -ae *f* = aqua sale mixta
condīmentum -ī *n* = quod cibō
  additur (ut sāl, piper, cēt.)
fētēre/foetēre = foedē olēre
tragoedus -ī *m* = histriō quī
  tragoediās (fābulās sēriās,
  ↔ cōmoediās) agit
spōnsiō -ōnis *f* = prōmissum
  pecūniae alterī solvendae sī
  nōn fīat quod affīrmātur
prīmam palmam *lātūrus esset*

Subitō intrāvērunt duo servī, tamquam quī rīxam ad lacum fēcissent: certē in collō adhūc amphorās habēbant. Cum ergō Trimalchiō iūs inter lītigantēs dīceret, neuter sententiam tulit dēcernentis, sed alterīus amphoram fuste percussit. Cōnsternātī nōs īnsolentiā ēbriōrum intentāvimus oculōs in proeliantēs, notāvimusque ostrea pectinēsque ē gastrīs lābentia, quae collēcta puer lance circumtulit.

Hās lautitiās aequāvit ingeniōsus cocus: in crātīculā enim argenteā cochleās attulit et tremulā taeterrimāque vōce cantāvit.

Pudet referre quae secuntur: inaudītō enim mōre puerī capillātī attulērunt unguentum in argenteā pelve pedēsque recumbentium ūnxērunt, cum ante crūra tālōsque corōnīs vīnxissent. Hinc ex eōdem unguentō in vīnārium atque lucernam aliquantum est īnfūsum.

Iam coeperat Fortūnāta velle saltāre, iam Scintilla frequentius plaudēbat quam loquēbātur, cum Trimalchiō "Permittō" inquit, "Philargyre, etsī prasiniānus es fāmōsus – dīc et Mēnophilae, contubernālī tuae, 'discumbat'!"

Quid multa? Paene dē lectīs dēiectī sumus, adeō tōtum triclīnium familia occupāverat! Certē ego notāvī super mē positum cocum quī dē porcō ānserem fēcerat, muriā condīmentīsque fētentem. Nec contentus fuit recumbere, sed continuō Ephesum tragoedum coepit imitārī et subinde dominum suum spōnsiōne prōvocāre: 'sī prasinus proximīs circēnsibus prīmam palmam?'

46

[*Trimalchiō dē testāmentō et monumentō suō*]

71 Diffūsus hāc contentiōne Trimalchiō "Amīcī!" inquit, "Et servī hominēs sunt et aequē ūnum lactem bibērunt, etiam sī illōs malus fātus oppresserit. Tamen, mē salvō, citō aquam līberam gustābunt. Ad summam: omnēs illōs in testāmentō meō manū mittō. Philargyrō etiam fundum lēgō et contubernālem suam, Ariōnī quoque īnsulam et vīcēsimam et lectum strātum. Nam Fortūnātam meam hērēdem faciō, et commendō illam omnibus amīcīs meīs. Et haec ideō omnia pūblicō, ut familia mea iam nunc sīc mē amet tamquam mortuum!"

Grātiās agere omnēs indulgentiae coeperant dominī, cum ille – oblītus nūgārum – exemplar testāmentī iussit afferrī, et tōtum ā prīmō ad ultimum, ingemēscente familiā, recitāvit.

Respiciēns deinde Habinnam "Quid dīcis" inquit, "amīce cārissime? Aedificās monumentum meum quemadmodum tē iussī? Valdē tē rogō ut secundum pedēs statuae meae catellam pōnās et corōnās et unguenta et Petraītis omnēs pugnās, ut mihi contingat tuō beneficiō post mortem vīvere. Praetereā ut sint in fronte pedēs centum, in agrum pedēs ducentī. Omne genus enim pōma volō sint circum cinerēs meōs, et vīneārum largiter. Valdē enim falsum est: vīvō quidem domōs cultās esse, nōn cūrārī eās ubi diūtius nōbīs habitandum est. Et ideō ante omnia adicī volō:

HOC MONVMENTVM HEREDEM NON SEQVATVR

---

dif-fundere = spargere, pandere; diffūsus = dēlectātus
contentiō -ōnis *f* = prōvocātiō
aequē *ac nōs*
ūnum lactem (*acc*) : idem lac (s. lacte)

aquam līberam : lībertātem

contubernālem: Menophilam
īnsula = domūs in oppidō inter quattuor viās sitae
vīcēsima -ae *f*: vīcēsima pars (1/20) pretiī suī quam servus manū missus dēbet
com-mendāre = cūrandum et tuendum trādere
pūblicāre = omnibus nōtum facere

exemplar -āris *n*: complūra exemplāria eiusdem librī ēduntur

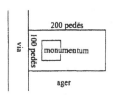

catella -ae *f* = parva canis

frōns = prīma pars; in fronte : ad viam
omne genus pom*ōrum*

cinerēs : ossa cremāta
largiter *adv* = magna cōpia
falsum : prāvum
cultus -a -um = ōrnātus
eās *domōs* : sepulcra

hērēdem *nē* sequātur : nē hērēdī lēgētur (H. M. H. N. S. monumentīs īnscrībitur nē ab hērēdibus vēneant)

erit mihi cūrae = mihi cūrandum erit

cacāre = ventrem exonerāre

tribūnal: cum sēde *magistrātūs* (praetōris, aedīlis, cēt.) praetextātus -a -um = togā praetextā indūtus in pūblicō : ad populum quod dedī = mē dedisse faciantur (!) = fīant

sibi suāviter facere = sibi placēre

cicarō : servulus dīlēctus cōpiōsus -a -um = plēnus ef-fluere < ex + fluere; effluant : effluere sinant sculpere = figūrāre (ē marmore); licet sculpās = tibi licet sculpere (: volō tē s.) velit nōlit = sīve vult sīve nōn vult

hōrologium

C. POMPEIVS TRIMALCHIO

Maecēnātiānus: cognōmen quod sibi assūmpsit Trimalchiō (< Maecēnās -ātis *m*, patrōnus poētārum) sēvirātus -ūs *m* < officium sēvirī cum posset : etsī poterat decuriīs: magistrātuum ministrī libertīnī in decuriās ōrdinātī erant ex parvō : ex parvīs rēbus

sēstertium trecentiēs *centēna mīlia* (300 × 100.000)

et tū *(quī haec legis) valē!*

"Cēterum erit mihi cūrae ut testāmentō caveam nē mortuus iniūriam accipiam. Praepōnam enim ūnum ex lībertīs sepulcrō meō cūstōdiae causā, nē in monumentum meum populus cacātum currat!

"Tē rogō ut nāvēs etiam ⟨in fronte⟩ monumentī meī faciās plēnīs vēlīs euntēs, et mē in tribūnālī sedentem praetextātum cum ānulīs aureīs quīnque et nummōs in pūblicō dē sacculō effundentem – scīs enim quod epulum dedī: bīnōs dēnāriōs. Faciantur, sī tibi vidētur, et triclīnia. Faciās et tōtum populum sibi suāviter facientem!

"Ad dexteram meam pōnās statuam Fortūnātae meae columbam tenentem, et catellam cingulō alligātam dūcat; et cicarōnem meum; et amphorās cōpiōsās gypsātās, nē effluant vīnum – et ūnam licet frāctam sculpās, et super eam puerum plōrantem. Hōrologium in mediō, ut quisquis hōrās īnspiciet, velit nōlit, nōmen meum legat.

"Īnscrīptiō quoque vidē dīligenter sī haec satis idōnea tibi vidētur:

C. POMPEIVS TRIMALCHIO MAECENATIANVS

HIC REQVIESCIT

HVIC SEVIRATVS ABSENTI DECRETVS EST

CVM POSSET IN OMNIBVS DECVRIIS ROMAE ESSE

TAMEN NOLVIT

PIVS FORTIS FIDELIS   EX PARVO CREVIT

SESTERTIVM RELIQVIT TRECENTIES

NEC VMQVAM PHILOSOPHVM AVDIVIT

VALE   ET TV

[*Balneum prīvātum*]

72 Haec ut dīxit Trimalchiō, flēre coepit ūbertim. Flēbat et
Fortūnāta, flēbat et Habinnās – tōta dēnique familia,
tamquam in fūnus rogāta, lāmentātiōne triclīnium im-
plēvit.

Immō iam coeperam etiam ego plōrāre, cum Trimalchiō "Ergō" inquit, "cum sciāmus nōs moritūrōs esse,
quārē nōn vīvāmus? Sīc vōs fēlīcēs videam, coniciāmus
nōs in balneum! – meō perīculō: nōn paenitēbit. Sīc calet
tamquam furnus."

"Vērō, vērō!" inquit Habinnās, "Dē ūnā diē duās facere, nihil mālō!" nūdīsque cōnsurrēxit pedibus et Trimalchiōnem gaudentem subsequī ⟨coepit⟩.

Ego respiciēns ad Ascylton "Quid cōgitās?" inquam,
"Ego enim, sī vīderō balneum, statim expīrābō!"

"Assentēmur" ait ille, "et dum illī balneum petunt, nōs
in turbā exeāmus!"

Cum haec placuissent, dūcente per porticum Gītone ad
iānuam vēnimus – ubi canis catēnārius tantō nōs tumultū
excēpit ut Ascyltos etiam in piscīnam ceciderit! Nec nōn
ego quoque ēbrius, dum natantī opem ferō, in eundem
gurgitem tractus sum!

Servāvit nōs tamen ātriēnsis, quī interventū suō et canem plācāvit et nōs trementēs extrāxit in siccum. – Et
Gītōn quidem iam dūdum sē ratiōne acūtissimā redēmerat
ā cane: quicquid enim ā nōbīs accēperat dē cēnā lātrantī
sparserat, et ille, āvocātus cibō, furōrem suppresserat.

ūbertim *adv* = cōpiōsē

rogāta : vocāta

furnus

sīc ... videam : profectō
meō perīculō (*sī fallor*): *vōs*
nōn paenitēbit
calēre = calidum esse
furnus -ī *m* = focus clausus
ubi pistor pānem coquit
vērō *adv* = enimvērō

sub-sequī = sequī

expīrāre = ex-spīrāre

assentārī = assentīre

nōbīs placuissent

catēnārius -a -um < catēna

piscīna -ae *f* = impluvium (in
quō piscēs sunt)

interventus -ūs *m* < inter-
venīre
plācāre = lēnīre, sēdāre

acūtus = prūdēns

lātrāns -antis *m* = canis
ā-vocāre
sup-primere -pressisse -pres-
sum < sub + premere

49

Cēterum cum algentēs ūdīque petīssēmus ab ātriēnse ut nōs extrā iānuam ēmitteret, "Errās" inquit "sī putās tē ex-īre hāc posse quā vēnistī. Nēmō umquam convīvārum per eandem iānuam ēmissus est: aliā intrant, aliā exeunt."

Quid faciāmus hominēs miserrimī et novī generis laby- 73 rinthō inclūsī, quibus lavārī iam coeperat vōtum esse? Ultrō ergō rogāvimus 'ut nōs ad balneum dūceret', prō-iectīsque vestīmentīs, quae Gītōn in aditū siccāre coepit, balneum intrāvimus, angustum scīlicet et cisternae frīgi-dāriae simile, in quō Trimalchiō rēctus stābat.

Ac nē sīc quidem pūtidissimam eius iactātiōnem licuit effugere, nam 'nihil melius esse' dīcēbat 'quam sine turbā lavārī' et 'eō ipsō locō aliquandō pistrīnum fuisse'. Deinde ut lassātus cōnsēdit, invītātus balneī sonō dīdūxit ūsque ad cameram ōs ēbrium et coepit Menecratis cantica lacerāre (sīcut illī dīcēbant quī linguam eius intellegē-bant).

Cēterī convīvae circā lābrum manibus nexīs currēbant et *"Gin-gi-li-phō!"* ingentī clāmōre exsonābant. Aliī autem aut restrictīs manibus ānulōs dē pavīmentō cōnābantur tollere, aut positō genū cervīcēs post terga flectere et pedum extrēmōs pollicēs tangere.

Nōs, dum illī sibi lūdōs faciunt, in solium quod Tri-malchiōnī servābātur dēscendimus.

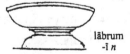

lābrum
-ī *n*

solium
-ī *n*

[Aliud triclīnium et aliī ministrī]

Ergō, ēbrietāte discussā, in aliud triclīnium dēductī sumus, ubi Fortūnāta disposuerat lautitiās. ...

⟨*⟩ ...

Tum Trimalchiō "Amīcī!" inquit, "Hodiē servus meus barbātōriam fēcit, homō – praefiscinī – frūgī et mīcārius. Itaque *tangomenas* faciāmus et ūsque in lūcem cēnēmus!"

74   Haec dīcente eō, gallus gallīnāceus cantāvit. Quā vōce cōnfūsus Trimalchiō vīnum sub mēnsā iussit effundī lucernamque etiam merō spargī. Immō ānulum trāiēcit in dexteram manum, et "Nōn sine causā" inquit "hic būcinus signum dedit; nam aut incendium oportet fiat, aut aliquis in vīcīniā animam abiciet. Longē ā nōbīs! Itaque quisquis hunc indicem attulerit, corōllārium accipiet."

Dictō citius dē vīcīniā gallus allātus est, quem Trimalchiō iussit ut aēnō coctus fieret. Lacerātus igitur ab illō doctissimō cocō quī paulō ante dē porcō avēs piscēsque fēcerat, in caccabum est coniectus, dumque Daedalus pōtiōnem ferventissimam haurit, Fortūnāta molā buxeā piper trīvit.

Sūmptīs igitur matteīs, respiciēns ad familiam Trimalchiō "Quid vōs" inquit "adhūc nōn cēnāstis? Abīte, ut aliī veniant ad officium!"

Subiit igitur alia classis, et illī quidem exclāmāvēre: "Valē, Gāī!" hī autem: "Avē, Gāī!"

ēbrietās -ātis *f* < ēbrius

barbātōria -ae *f* = diēs quō prīma barba rāditur
praefiscinī *adv* = sī licet ita dīcere, nē nimis dīcam
frūgī *adi indēcl* ↔ nēquam
mīcārius -a -um (< mīca) = dīligentissimus

trā-icere = trānsferre

dexter -(e)ra -(e)rum

būcinus -ī *m* = būcinātor
oportet fiat = dēbet fierī
vīcīnia -ae *f* = loca vīcīna
longē ā nōbīs *sit!*
quisquis = is quī
index -icis *m* = quī indicat
corōllārium -ī *n* = praemium

dictō citius = citius quam dictum est
iussit ut coctus fieret = iussit coquī

caccabus -ī *m* = vās ubi cibus coquitur
buxeus -a -um < *buxus* -ī *f*, arbor eiusque lignum dūrum
terere trīvisse trītum = molere

mola   buxus

sub-īre (+*dat*) = inīre in locum alicuius; subiit *illīs*
classis = grex
avē! = salvē!

[*Trimalchiō uxōrī convīcium facit*]

īnspeciōsus -a -um ↔ *speci-ōsus* = fōrmōsus; nōn īn-speciōsus : speciōsus
in-vādere (*in*) = aggredī
iūs aequō : ut aequum est
iūs *coniugis*
approbāre = dēmōnstrāre
dēdecus -oris *n* = rēs indigna
praedicāre = appellāre

Hinc prīmum hilaritās nostra turbāta est. Nam cum puer nōn īnspeciōsus inter novōs intrāsset ministrōs, invāsit eum Trimalchiō et ōsculārī diūtius coepit! Itaque Fortūnāta, ut ex aequō iūs firmum approbāret, maledīcere Trimalchiōnī coepit et 'pūrgāmentum' 'dēdecus'que praedicāre 'quī nōn continēret libīdinem suam!' Ultimō etiam adiēcit: "Canis!"

perdere = āmittere

Trimalchiō contrā, offēnsus convīciō, calicem in faciem Fortūnātae immīsit! Illa, tamquam oculum perdidisset, exclāmāvit manūsque trementēs ad faciem suam admōvit.

sinus = pectus

officiōsus -a -um < officium
urceolus -ī *m* = parvus urceus
māla -ae *m* = maxilla, bucca

Cōnsternāta est etiam Scintilla trepidantemque sinū suō tēxit. Immō puer quoque officiōsus urceolum frīgidum ad mālam eius admōvit, super quem incumbēns Fortūnāta gemere ac flēre coepit.

ambūbāia -ae *f* = ancilla quae tībiīs canendō et saltandō populum dēlectat; ambūbāiam nōn meminit sē *esse?*
māchina : mēnsa in vēnāliciō dē quā vēneunt servī et ancillae
cōn-spuere = spuere; in sinum suum c. = glōriārī [?]
cōdex = caudex : homō stultus
pergula -ae *f* = casa
somniāre/-rī = somniō vidēre
propitius -a -um = favēns
cūrābō *ut* dom*i*ta sit (domētur)
Cassandra : Fortūnāta
caligārius -a -um = quī *caligās* gerit (ut mīles), audāx [?]
dipundiārius -a -um (< *dipundius:* II assēs) = sēstertiārius

Contrā Trimalchiō "Quid enim?" inquit, "Ambūbāiam nōn meminit sē? Dē māchinā illam sustulī, hominem inter hominēs fēcī. At īnflat sē tamquam rāna, et in sinum suum cōnspuit – cōdex, nōn mulier! Sed hic quī in pergulā nātus est aedēs nōn somniātur. Ita genium meum propitium habeam: cūrābō

rāna -ae *f*

domāta sit Cassandra caligāria! – Et ego,

caliga -ae *f*

homō dipundiārius, sēstertium centiēs accipere potuī. Scīs tū mē nōn mentīrī:

Agathō -ōnis *m*
sē-dūcere = in sēcrētum dūcere
suādeō *nē* patiāris
interīre : exstinguī (quia Fortūnāta sterilis sit)

Agathō unguentārius proximē sēdūxit mē et "Suādeō" inquit "nōn patiāris genus tuum interīre." At ego, dum

bonātus agō et nōlō vidērī levis, ipse mihi asciam in crūs
impēgī!

"Rēctē! Cūrābō mē unguibus quaerās! Et ut dēpraesentiārum intellegās quid tibi fēceris: Habinnā, nōlō
statuam eius in monumentō meō pōnās, nē mortuus
quidem lītēs habeam. Immō, ut sciat mē posse malum
dare, nōlō mē mortuum bāsiet!"

75 Post hoc fulmen Habinnās rogāre coepit 'ut iam dē-
sineret īrāscī!' et "Nēmō" inquit "nostrum nōn peccat.
Hominēs sumus, nōn deī." Idem et Scintilla flēns dīxit,
ac per genium eius 'Gāium' appellandō rogāre coepit 'ut
sē frangeret!'

Nōn tenuit ultrā lacrimās Trimalchiō, et "Rogō" inquit,
"Habinnā, ... sī quid perperam fēcī, in faciem meam īn-
spue! Puerum bāsiāvī frūgālissimum, nōn propter fōr-

mam, sed quia frūgī est: decem partēs
dīcit, librum ab oculō legit, thretium sibi
dē diāriīs fēcit, arcisellium

arcisellium dē suō parāvit et duās trul-
lās — nōn est dignus quem in oculīs feram?
Sed Fortūnāta vetat!

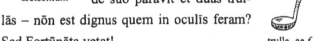

trulla -ae f

"Ita tibi vidētur, fulcipedia? Suādeō bonum tuum con-
coquās, milva, et mē nōn faciās ringentem, amasiuncula!
— aliōquīn experiēris cerebrum meum! Nōstī mē: quod
semel dēstināvī, clāvō trabālī fīxum est!"

clāvus
(ferreus)

Glossary (right margin):

bonātus -a -um = nimis bonus
levis ↔ cōnstāns
ascia -ae f = secūris
ut mē (sepultum) unguibus
  ēruere quaerās [?]
dēpraesentiārum *adv* = hīc et
  nunc
nōlō statuam pōnās = nōlō tē
  statuam pōnere

līs lītis f = certāmen
bāsiāre (< bāsium) = ōsculārī
: nōlō eam mē mortuum
  bāsiāre!
fulmen : convīcium

īrāscī = īrātus fierī

sē frangere : īram suam
  sēdāre
ultrā *adv;* nōn ultrā = nōn iam
Habinnās, *voc* -ā
perperam *adv* = prāvē
īn-spuere
frūgālis -e = frūgī

ab oculō : ut litterās vīdit
thretium [?] sibi fēcit (: ēmit)
diārium -ī n = cibus quī cotīdiē servō datur
arcisellium -ī n: sella arcuāta
dē suō *peculiō* parāvit (: ēmit)
trulla: vās quō haurītur vīnum
dignus quem = dignus ut eum
  in oculīs ferre = dīligere

fulcipedia -ae f = fēmina su-
  perba et glōriōsa
con-coquere : reputāre [?]
ringī = dentēs ostendere; mē
  nē faciās ringentem
amasiuncula -ae f = amīca
cerebrum : īra
dēstināre = dēcernere
trabālis -e < trabs; clāvus t.:
  magnus c. quō trabs fīgātur

[*Trimalchiō dē vītā suā*]

: bene vīvāmus!

tam... quam : tālis... quālēs

corcillum -ī *n* = cor (: mēns, vīs ingeniī)
quisquilia *n pl* = rēs inūtilēs, nūgae

stertēia -ae *f* < *stertere*, nāsō sonāre (dormiēns)
etiam-num = etiam-nunc
cūrābō *ut*...plōrēs

frūgālitās -ātis *f* < frūgālis
per-dūcere

candēlābru*s* -ī *m* = candēlā-bru*m* -ī *n*

rōstrum : mentum

oleō dē lucernā

ipsimus -ī *m* (*sup* < ipse) = dominus
ipsima -ae *f* (< ipsa) = domina
satis-facere + *dat* = facere quod postulātur, placēre

cerebellum -ī *n* (= cerebrum) : grātiam
co-hērēs -ēdis *m* = hērēs cum alterō (pars patrimōniī imperātōrī Caesarī lēganda erat)
lāticlāvius : māximus (ut senātōris)
nēminī nihil : nihil cuiquam
con-cupīscere -īvisse = cupere
nē multīs *verbīs* vōs morer: nē ... vōbīs moram faciam
contrā aurum = tantī (pretiī) quantī aurum
naufragāre = naufragium facere
trecentiēs *centēna mīlia*

dē-ficere : dēspērāre

"Sed vīvōrum meminerimus! Vōs rogō, amīcī, ut vōbīs suāviter sit. Nam ego quoque tam fuī quam vōs estis, sed virtūte meā ad hoc pervēnī. Corcillum est quod hominēs facit, cētera quisquilia omnia! "Bene emō, bene vēndō." Alius alia vōbīs dīcet. Fēlīcitāte dissiliō!

"– Tū autem, stertēia, etiamnum plōrās? Iam cūrābō fātum tuum plōrēs! –

candēlābrum

"Sed, ut coeperam dīcere, ad hanc mē fortūnam frūgālitās mea perdūxit. Tam magnus ex Asiā vēnī quam hic candēlābrus est. Ad summam, quotīdiē mē solēbam ad illum mētīrī, et ut celerius rōstrum barbātum habērem, labra dē lucernā ungēbam. Tamen ad dēliciās ipsimī annōs quattuordecim fuī. Nec turpe est quod dominus iubet. Ego tamen et ipsimae satisfaciēbam. Scītis quid dīcam: taceō, quia nōn sum dē glōriōsīs!

"Cēterum, quemadmodum dī volunt, dominus in domō factus sum, et ecce cēpī ipsimī cerebellum. Quid multa? cohērēdem mē Caesarī fēcit, et accēpī patrimōnium lāticlāvium. 76

"Nēminī tamen nihil satis est. Concupīvī negōtiārī. Nē multīs vōs morer: quīnque nāvēs aedificāvī, onerāvī vīnum – et tunc erat contrā aurum – , mīsī Rōmam. Putārēs mē hoc iussisse: omnēs nāvēs naufragārunt – factum, nōn fābula! Ūnō diē Neptūnus trecentiēs sēstertium dēvorāvit!

"Putātis mē dēfēcisse? Nōn meherculēs mī haec iactūra

54

gustī fuit: tamquam nihil factī! Alterās fēcī māiōrēs et meliōrēs – et fēlīciōrēs, ut nēmō 'nōn mē virum fortem' dīceret. Scītis: magna nāvis magnam fortitūdinem habet. Onerāvī rūrsus vīnum, lārdum, fabam, sēplasium, mancipia.

"Hōc locō Fortūnāta rem piam fēcit: omne enim aurum suum, omnia vestīmenta vēndidit, et mī centum aureōs in manū posuit. Hoc fuit pecūliī meī fermentum. Citō fit quod dī volunt: ūnō cursū centiēs sēstertium corrotundāvī!

"Statim redēmī fundōs omnēs quī patrōnī meī fuerant. Aedificō domum, vēnālicia coemō, iūmenta – quicquid tangēbam crēscēbat tamquam favus. Postquam coepī plūs habēre quam tōta patria mea habet, manum dē tabulā! Sustulī mē dē negōtiātiōne et coepī per lībertōs faenerāre.

"Et sānē nōlentem mē negōtium meum agere exhortāvit mathēmaticus, quī vēnerat forte in colōniam nostram, Graeculiō, Serāpa nōmine, cōnsiliātor deōrum! Hic mihi dīxit etiam ea quae oblītus eram: ab aciā et acū mī omnia exposuit, intestīnās meās nōverat – tantum quod mihi nōn dīxerat: quid prīdiē cēnāveram! Putāssēs eum semper mēcum habitāsse.

77   "Rogō, Habinnā – putō, interfuistī – : *"Tū dominam tuam dē rēbus illīs fēcistī. Tū parum fēlīx in amīcīs es. Nēmō umquam tibi parem grātiam refert. Tū lātifundia possidēs. Tū vīperam sub ālā nūtrīcās"*, et – quod vōbīs nōn dīxerim – *'etiam nunc mī restāre vītae annōs trīgintā*

gustus -ūs/-ī *m* < gustāre; nōn mihi gustī fuit (rēs) = (rem)
gustāre (sentīre) nōn potuī

sēplasium -ī *n* = unguentum
mancipium -ī *n* = servus (vēnālis)

hōc locō : hōc tempore

fermentum -ī *n* = id quod pānem crēscentem facit
centiēs sēstertium corrotundāvī : circiter centiēs *centēna mīlia* sēstertium fēcī

red-imere = rūrsus emere (quod vēnierat)
co-emere = emere (multa)

manum dē tabulā! : ā lūsū abstinendum!
faenerāre = pecūniam mūtuam dare magnō pretiō
ex-hortārī = hortārī; ex-hortā*vit* = exhortā*tus est*

Graeculiō -ōnis *m* = vir Graecus (= Graeculus)
cōnsiliātor -ōris *m* = quī cōnsilium dat
ab aciā et acū : ā prīmō initiō
intestīn*ās* = intestīn*a*

cēnāveram : cēnāvissem

rogō *ut testis sīs eum sīc dīxisse: "..."*
lātifundium -ī *n* (< lātus fundus) = magnum praedium
vīpera -ae *f* = anguis
āla = lacertus; sub ālā : in sinū
nūtrīcāre (= nūtrīre) vīperam sub ālā = bene facere malō (: maledīcentī uxōrī!)
dīxerim : dīcere dēbuī

hērēditās -ātis *f* = quod hērēdī
lēgātur
sī *mihi* contigerit fundōs *meōs*

vigilat : diēs noctēsque mē
tuētur
cusuc [= casa?]
cēnātiō -ōnis *f* = magnum
triclīnium
porticūs marmorāt*ās* du*ās*
sū(r)sum : in superiōre parte
cellātiō -ōnis *f* [?]
sessōrium -ī *n* (< sedēre) [?]
per-bonus = valdē bonus
hospitium -ī *n* = domus hospi-
tibus servāta; hospitēs *meōs*
māvoluit = māluit
hospitārī = hospes recipī

: sī assem habēs, assem valēs
valēre = pretiī esse
quantum habēs, *tantī* habēberis (: aestimāberis)

Stichus -ī *m*, servus
vestīmenta vītālia (: mortuī)
vīnī gustum (quod gustētur)

praetexta -ae *f* = toga praetexta

sub-rīdēre = tacitē rīdēre
vidēre nē... = cavēre nē...
comb-ūrere = ūrere

tinea
-ae *f*
im-precārī = precārī

nardus -ī *f*: unguentī genus
pretiōsum
futūrum ut... iuvet = iuvā-
tūrum esse

et mēnsēs quattuor et diēs duōs'. Praehereā citō accipiam
hērēditātem.

"Hoc mihi dīcit fātus meus. Quod sī contigerit fundōs
Āpuliae iungere, satis vīvus pervēnerō.

"Interim, dum Mercurius vigilat, aedificāvī hanc domum. Ut scītis, cusuc erat – nunc templum est! Habet
quattuor cēnātiōnēs, cubicula vīgintī, porticūs marmorā-
tōs duōs, sūsum cellātiōnem, cubiculum in quō ipse
dormiō, vīperae huius sessōrium, ōstiāriī cellam per-
bonam. Hospitium hospitēs capit. Ad summam: Scaurus
cum hūc vēnit, nusquam māvoluit hospitārī – et habet ad
mare paternum hospitium. Et multa alia sunt, quae statim
vōbīs ostendam. Crēdite mihi: assem habeās, assem va-
leās; habēs, habēberis. Sīc amīcus vester, quī fuit rāna,
nunc est rēx.

"Interim, Stiche, prōfer vītālia in quibus volō mē efferrī! Prōfer et unguentum et ex illā amphorā gustum ex
quā iubeō lavārī ossa mea!"

Nōn est morātus Stichus, sed et strāgulam albam et 78
praetextam in triclīnium attulit. ⟨Quās Trimalchiō mīrātus
est⟩ iussitque nōs temptāre an bonīs lānīs essent cōnfecta. Tum subrīdēns "Vidē tū" inquit, "Stiche, nē ista
mūrēs tangant aut tineae – aliōquīn tē vīvum combūram!
Ego glōriōsus volō efferrī, ut tōtus mihi populus bene im-
precētur.

Statim ampullam nardī aperuit omnēsque nōs ūnxit, et
"Spērō" inquit "futūrum ut aequē mē mortuum iuvet

tamquam vīvum." Nam vīnum quidem in vīnārium iussit īnfundī, et "Putāte vōs" inquit "ad parentālia mea invītātōs esse!"

Ībat rēs ad summam nauseam, cum Trimalchiō, ēbrietāte turpissimā gravis, novum acroāma, cornicinēs, in triclīnium iussit addūcī; fultusque cervīcālibus multīs extendit sē suprā torum extrēmum, et "Fingite mē" inquit "mortuum esse! Dīcite aliquid bellī!"

Cōnsonuēre cornicinēs fūnebrī strepitū. Ūnus praecipuē, servus libitīnāriī illīus quī inter hōs honestissimus erat, tam valdē intonuit ut tōtam concitāret vīcīniam!

Itaque vigilēs, quī cūstōdiēbant vīcīnam regiōnem, ratī ārdēre Trimalchiōnis domum, effrēgērunt iānuam subitō et cum aquā secūribusque tumultuārī suō iūre coepērunt.

Nōs, occāsiōnem opportūnissimam nactī, Agamemnonī verba dedimus, raptimque tam plānē quam ex incendiō fūgimus.

aequē... tamquam = aequē... atque
parentālia -ium *n pl:* diēs fēstī quibus mortuī celebrantur, novendiāle

nausea -ae *f* = morbus eius quī vomit, foeditās

fulcīre -sisse -tum = sustinēre
torus extrēmus = torī pars extrēma
fingere (animō) = sibi vidērī, putāre
cōn-sonāre -uisse = simul sonāre
fūnebris -e < fūnus

in-tonāre -uisse = tamquam tonitrus sonāre
vigilēs -um *m pl* = virī quibus officium est oppidum cūstōdīre

suō iūre : ut iīs iūs est
opportūnus -a -um = idōneus, prosperus
verba dare + *dat* = fallere
raptim *adv* = citō
tam plānē quam = plānē tamquam

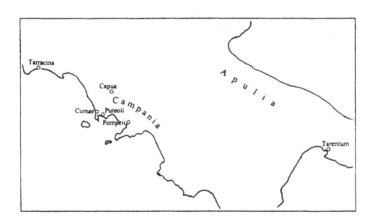

57

INDEX NOMINVM⊏

(Numerī pāginās significant)

INDEX VOCABVLORVM

(Numerī pāginās significant)

60

expectātiō -ōnis f 5,14, 29
= exspectātiō
ex-pedīre 20, 39
expīrāre 49 = ex-spīrāre
ex-plicāre 37
ex-primere -pressisse
  -pressum 11, 14
expudōrātus -a -um 19
expuere 24 = ex-spuere
ex-sonāre 50
ex-surgere 38
ex-tendere, sē 27
ex-torquēre -sisse -tum 30
extrēmus -a -um 57
ex-uere -uisse 39

F
faba -ae f 43, 55
fābula -ae f 17, 19, 22, 28
facere (suā rē causā) 28,
  39, 42
facere, ad sē 18
facere, assem 39
facere (= aestimāre), pilī
  25, tantī 39
factiō -ōnis f 37
faenerāre 55
fallere fefellisse falsum:
  fefellitus sum 39 = falsus sum (mē fefellit)
fāmōsus -a -um 46
familia (gladiātōria) 26
familiāris -is m (3)
farcīre -sisse -sum 45
farīna -ae f 12
fascia -ae f 27, pl 21
fastīdīre 30
fātus -ī m 23, 47, 56 = -um
fatuus -a -um 27
favus -ī m 15, 20, 23, 55
fefellitus 39, v. fallere
ferculum -ī n 14, 19, 22,
  42, 44, 45; -us -ī m 19
fermentum -ī n 55
ferrūmināre 11, 12
fervēns -entis 11, 51
fervēre 37
fētēre 46 = foetēre
fīcēdula -ae f 13
fīcus -ūs f 15
figūra -ae f (10), 14, 19
figūrāre 12
fīlum -ī n: bonō fīlō 27
fimbriae -ārum f pl 11
fingere fīnxisse fictum 57
flūctus -ūs m 28
follis -is m 6

forās = forīs 9, 25, 28
fortūnātus -a -um (4)
frangere, sē 53
frequentia -ae f 41
frīgida -ae f 6
frīgidārius -a -um 50
frōns -ontis f: in fronte 47
frūgālis -e 53
frūgālitās -ātis f 54
frūgī adi indēcl 51, 53
frūnīscī 25
frustum -ī n 14, 37, 42
fulcipedia -ae f 53
fulcīre -sisse -tum 57
fullō -ōnis m 22
fulmen -inis n 53
fundus -ī m 17, 35, 47, 55,
  56
fūnebris -e 57
furnus -ī m 49
fūrtim 44
fustis -is m 46

G
galbinus -a -um 43
galea -ae f (37)
galeātus -a -um 37
gallicinium -ī n 39
gallīna -ae f 12, 45
gallīnāceus -a -um 17, 29,
  31, 51
garrīre 36
garum -ī n 16
gastra -ae f 46
gaudimōnium -ī n 38
gausapa -ae f 7
gausapātus -a -um 18
genesis -is f 20
genius -ī m 17, 34, 40, 52,
  53
gesticulārī 16, 37
gingiliphō 50
gizeria -ōrum n pl 41
glāns -andis f 21
glīs -īris m 11
gradus -ūs m 35
grandis -e 8, 10, 11
grānum -ī n 11
gravitās -ātis f 34
gressus -ūs m 9
gustāre 12
gustātiō -ōnis f (10), 11
gustātōrium -ī n 13
gustus -ūs (-ī) m 56; gustī
  esse 55
gypsāre 13, 48
gypsum -ī n (13)

H
hāc adv 50
harundō -inis f 21
hēpatia n pl 42
hērēditās -ātis f 56
hilaris -e 19, 33, 37; n pl
  38
hilaritās -ātis f 31, 41, 52
histriō -ōnis m 34
hōc adv 20
homunciō -ōnis m 14, 42
hōrologium -ī n 5, 48
horreum -ī n 34
hortī -ōrum m pl 34
hospitārī 56
hospitium -ī n 56
hūmānitās -ātis f 10
hydraulēs -ae m/f 16
hydraulus -ī m (16)

I
iactātiō -ōnis f 50
iātralīptēs -ae m 7
iēiūnium -ī n 25
illōc adv 20
im-minēre 21
im-pendere -disse -sum 26
imperiōsus -a -um 20
im-pingere -pēgisse
  -pāctum 10, 27, 53
im-pōnere, sibi 28
im-precārī 56
improbāre 23
improperāre 18
im-prūdēns -entis 11, 42
in-audītus -a -um 46
inaurātus -a -um 43
inceptus -a -um part 16
inclīnāre 18, 19, 31
inclīnātiō -ōnis f 31
in-commodus -a -um 9
in-cubāre 12
index -icis m (3), 51
indīligentia -ae f 44
indulgentia -ae f 28, 47
ineptiae -ārum f pl 34
in-ferre -tulisse il-lātum
  35
in-flāre 22, 52
īn-fundere 10, 42, 46, 57
in-gemēscere -muisse 35,
  47
ingeniōsus -a -um 27, 46
in-gerere 16
in-grātus -a -um 35
īnsānīre 37
īnsolentia -ae f 32, 46

īn-speciōsus -a -um 52
īn-spuere 53
īnsula -ae f 47
īnsulsus -a -um 35
intellegere n indēcl 33
intentāre 46
inter-pōnere 28, 44
interventus -ūs m 49
intestīna -ōrum n pl 42;
  -ae -ārum f pl 55
in-tonāre -uisse 57
in-tremere 38
intrō adv 33
in-vādere 52
invenīre, sē 28
invītāre 22, 50
in-volvere 7, 36
iocārī 6, 33, 39
ipsima -ae f 54
ipsimus -ī m 54
īrāscī 53
iūs iūris n 15

L
lābrum -ī n 50
lacerāre 16, 21, 51; 50
lacte -is n 17 = lac; acc
  lactem 47
lacūnar -āris n 38
laecasīn 22
lānātus -a -um 25
lancea -ae f 40
laniō -ōnis m 20 = lanius
lanista -ae m (26)
lanisticius -a -um 26
lanius -ī m 40
lanx -cis f 7,11, 32, 37, 46
lapidārius -ī m (4), 41
lārdum -ī n 20, 45, 55
largiter 47
larva -ae f 14, 40
lasanum -ī n/-us -ī m 22,
  28
lassāre 50
lāticlāvius -a -um 11, 54
lātifundium -ī n 55
lātrāns -antis m 49
laudātiō -ōnis f 14, 30
lautitia -ae f 6, 11, 14, 46,
  51
lautus -a -um 5, 11, 41
lavāre 22
laxāre 14
lepus -oris m 16
levis -e 53
libellus -ī m 7
libentissimē 5, 27, 35

pilus -ī m: pilī facere 25
pinguis -e 12
pinna -ae f 12, 16
pīnus -ūs f (28)
piper -eris n (13), 17, 24, 31, 51
piperātus -a -um 13, 16
pisciculus -ī m 15
piscīna -ae f 49
pistor -ōris m 18, 24, 38
pistōrius -a -um 18
pistrīnum -ī n 50
pīsum -ī n 7
pittacium -ī n 13
plācāre 49
placenta -ae f 15, 38
placēre, sibi 25
plāga -ae f 7, 21, 31
plangere -ānxisse -ānctum (22), 23
plōrāre 23, 35, 54
plovēbat 25
pluere -uisse (25)
plumbum -ī n 23
plūs minus 33
pluvia -ae f (25)
pollex -icis m 30, 50
polymitus -a -um 21
pōmum -ī n 38, 47
ponderōsus -a -um 33
pondō indēcl 43
ponticulus -ī m 11
porcellus -ī m 21
por-rigere -rēxisse -rēctum 13, (32)
porrō adv (3), 24
portentum -ī n 29
porticus -ūs m 56 = -ūs f
postis -is m 7, 9
pote 32
potestātem, facere 13, 45
pōtiuncula -ae f 28
prae prp+acc 20, 27
prae-cēdere (5), 7
praeceps -cipitis: in p.ī 36
praeceptum -ī n 9
prae-cīdere 43
praedicāre 52
praefiscinī 51
prae-stāre 14
praestō esse 8
praeter-īre 31
praetexta -ae f 56
praetextātus -a -um 48
praetor -ōris m (4), 41
praetōrius -a -um 41
prasinātus -a -um 7

prasiniānus -ī m 46
prasinus -a -um 6; m pl 46
praxis -is f 19
precārium -ī n 10
prīmitiae -ārum f pl : ā prīmitiīs 37
prīmitus adv 40
prō 14, 32
procella -ae f 5
prōcūrātor -ōris m 9
proeliārī 46
prōmulsidāre -is n 11
propīn n indēcl 7
propitius -a -um 52
prō-pōnere 20
prō-scrībere 18, 19
prō-sequī 30
prōspectus -ūs m 42
prō-vidēre 17
proximē 18, 52
prūnum -ī n 11
pūblicāre 19, 47
pūblicum: in pūblicō 48
puderī dēp 28 = pudēre
pullārius -ī m 23
pultārius -ī m 22
pulvīnāris -e 17
pulvīnus -ī m (17), 37
pūrgāmentum -ī n 13, 52
pūrgāre, pīsum 7
pusillus -a -um 8, 13
putāmen -inis n (8), 13
pūtidus -a -um 35, 50
pyxis -idis f 8

Q
quadrāns -antis m 23
quadrāre 20
quem-ad-modum 8, 30, 33, 37, 39, 47, 54
quī 40 = quis
quic-quid 23, 27, 30, 45, 49, 55
quid multa? 46, 54
quid: nec q. nec quārē 17
quisquilia n pl 54
quod: nōn/nec est quod +coni 17, 28
quō-modo = ut 18, 39, 42
quotīdiē 24, 54
quotiēns-cumque 16
quotus -a -um 29

R
rādere -sisse -sum (11)
rāna -ae f 52, 56
rāpa -ae f 42

raptim 57
ratiō -ōnis f 9, 35
ratiōcinārī 8
re-clīnāre: reclīnātus 19
re-creāre 41
rēctā adv 22
rēctus -a -um 24
red-dere 8
red-imere 55
re-ferre 21; 33, 46
re-ficere 40
re-laxāre 31
religiōsus -a -um 25
reliquiae -ārum f pl 42
re-mittere, poenam 10
rēnēs -ium m pl (6), 14
re-plēre 9, 21
re-porrigere 32
repositōrium -ī n 12, 14, 15, 16, 21, 30, 38
re-salūtāre 24
re-solvere 43
re-spondēre 28
re-stringere 50
re-supīnāre 8
rēticulus -ī m 43
retrō-versus adv 24
re-vocāre 33
rhētor -oris m (4, 5), 20
rīdiculum -ī n: per r. 36
ringī 53
rīxa -ae f 26, 46
rīxārī 7
rōstrum -ī n 54
rubor -ōris m 44
rubricātus -a -um 27
russeus -a -um 6
rūsticus -ī m 25, 29

S
sagittārius -ī m 15, 20
salāx -ācis adi 23
salīva -ae f 30
saltātiō -ōnis f 34
sanguen -inis n 37 = -guis
sanguinem mittere 40
sangunculus -ī m 41
sapa -ae f 42
sapere 42
saplūtus -a -um 17
satis-facere 54
satius 38
satur -ra -rum 7
satyrus -ī m (3, 16)
saucius -a -um 44
scālae -ārum f 35
schēma -ae f 24

scholasticus -ī m 19, 38
scindere (16), 21
scissor -ōris m 16
scōpae -ārum f pl 13
scordaliae -ārum f pl 37
scorpiō -ōnis m 15, 20
scriblīta -ae f 15, 42
scrōfa -ae f 21
scrūta scīta n pl 39
scrūtārī 12
sculpere 48
scyphus -ī m 33, 36, 41
sēcrētō adv 7
secundum prp + acc 39, 47
secuntur 46
sē-dūcere 52
sē-lībra -ae f 12, 43
sēmis -issis m 39
sempiternō adv 26
senāpe n indēcl 42
sēplasium -ī n 55
sērō adv 40
servāre 11, 25, 50
servulus -ī m 27
sessōrium -ī n 56
sēstertiārius -a -um 26, 27
sēvēritās -ātis f 31
sēvir -ī m 9, 41
sēvirātus -ūs m 48
sexennis -e 29
siccitās -ātis f 24
signa, XII, 14
sīligineus -a -um 45
silīgō -inis f (45)
silvāticus -a -um 21
sōbrius -a -um 17
solea -ae f (6)
soleātus -a -um 6
solidē 28
solidus -a -um 23
solium -ī n 50
solium Iovis tenēre 33
somniāre/-rī 52
sophōs adv 20
sorbilis -e 12
spadō -ōnis m 6
spargere 13
spatium -ī n 28, 44
speciōsus -a -um (52)
spīna -ae f 45
spīritus -ūs m 8
spissus -a -um 10
spōnsiō -ōnis f 46
sportella -ae f 21
spuere -uisse (24)
spūtum -ī n (24)
staminātus -a -um 22

63

statēra -ae f 15, 43
statunculum -ī n 32
stēla -ae f 39
stēliō -ōnis m 32
stercus -oris n 23
sterilicula -ae f 15
stertēia -ae f 54
stertere (54)
stola -ae f (25)
stolāta 25
stomachus -ī n 28
strabō -ōnis m 20
strāgula -ae f 23, 56
strātum -ī n 26
stropha -ae f 38
strūctor -ōris m 14
suāvis -e 12, 19; adv -iter
    -ius: s. esse 37, 38, 41,
    54, s. sibi facere 48
subalapa 18
sub-aurātus -a -um 11
sub-dūcere 9
sub-icere 6, 37
sub-inde 5, 12, 13, 28, 44,
    46
sub-īre 51
sub-olfacere 26
sub-ōrnāre 5, 16, 21
sub-rīdēre 56
sub-sequī 49
subsessor -ōris m 21
subtilitās -ātis f 10
suburbānum -ī n 30
suc-cingere 7, 43
sūcōsus -a -um 18
sūdāre 24
sūdārium -ī n 43, 44
suf-ficere 6
suf-flāre 27
sūmen -inis n 16
summa -ae f: ad summam
    10, 17, 47, 54, 56
summum: in summō 42
supellecticārius -ī m 13
supervacuus -a -um 19
supīnus -a -um; f 37
sup-pōnere 12
sup-primere -pressisse
    -pressum 49

śuspīciō -ōnis f 21, 36
sūsum adv 56 = sūrsum
symphōnia -ae f (7), 11,
    12, 13, 15, 16, 29
symphōniacus -ī m 7

T
tabula -ae f 12, 55
taeda -ae f 28
taeter -tra -trum 46
tālus -ī m 46
tangomenas 14, 51
taurulus -ī m 19
terebinthinus -a -um 12
terere trīvisse trītum (34),
    51
tessera -ae f 12
testiculus -ī m (6), 14
texere -uisse -xtum 21
thēbaica -ae f 21
thēca -ae f 19
thēsaurum -ī n 27 = -us
thrētium -ī n 53
tinea -ae f 56
tintinnābulum -ī n 29
tolerābilis -e 45
tomāculum -ī n 11, 31
tōmentum -ī n 18
topanta n pl 17
toral -ālis n 20
tormentum -ī n 28
torquēre -sisse -tum 8, 43
tortor -ōris m 31
totiēns 16
trabālis -e 53
trā-dūcere, sē, 26
tragoedia -ae f (46)
tragoedus -ī m 46
trā-icere -iēcisse -iectum
    40, 51
trāns-īre 36, 38
trānsversō, ex 36
trecentiēs, sēstertium 26,
    48, 54
tremulus -a -um 46
tribūnal -ālis n 8, 48
trīcae -ārum f pl 35
trīduum -ī n 26
trīmus -a -um 29

tripudiāre 15
trūdere 25
trulla -ae f 53
tuērī, officium 5
turdus -ī m 21, 45
turtur -uris m 45

U
ūbertim 49
ūdus -a -um 25, 50
ultimō adv 43, 52
ultrā adv 53
ultrō adv 50
ungere ūnxisse ūnctum
    46, 54, 56
unguentārius -ī m 20, 52
unguentum -ī n 7, 28, 38,
    41, 46, 47, 56
urbānitās -ātis f 16, 33
urceātim 25
urceolus -ī m 52
urceus -ī m (25)
urna -ae f (33)
urnālis -e 33
ursīna -ae f 42
ursus -ī m 42
ūsū venīre 38
uter utris m 13, 22
utique 26, 33, 36
utriculus -ī m 16
ūvae passae 45

V
vacāre 27
vacca -ae f (24, 33)
vacillāre 18
vafer -fra -frum 32
valdius adv comp 32
valēre 56
valvae -ārum f pl 41
varius -a -um 7, 25
vāsum -ī n 33 = vās
vehemēns -entis adi,
    adv -enter 21
vel 45
velit nōlit 48
vēnābulum -ī n 21
vēnālicium -ī n 8, 55
vēnālis -e 27

vēnātiō -ōnis f (20), 21
venātor -ōris m (21)
vēnātōrius -a -um 21
venēnārius -ī m 20
venerius -a -um 39
venetī -ōrum m pl (46)
verba dare 57
vernāculus -a -um 18
vernula -ae m 42
vērō adv 49
verrere 13
versipellis -e 40
vertebra -ae f 14
vēsīca -ae f 6
vestiārius -ī m 22
vetāre -uisse -itum: vetuō
    35 = vetō
vetulus -a -um 7
viātor -ōris m 29
vibrāre 6, 28
vicem, in 43; + gen 36
vīcēsima -ae f 47
vicīnia -ae f 51, 57
vigilēs -um m pl 57
vīlicus -ī m 34
vīnārium -ī n 46, 57
vīnus -ī m 22 = -um
vīpera -ae f 55, 56
vītālia -ium n pl 56
vītālis -e (22), 23
vitellus -ī m 13
vitreus -a -um 13, 32, 43;
    n pl 32, 33
vitrum -ī n (13)
vitulus -ī m 24, 29, 37
vīvōrum meminerimus
    23, 54
volāre 40
voluptās -ātis f 9, 12
vomere -uisse -itum 42
vōtum -ī n 50
vulpēs -is f 25
vulva -ae f (15), 45

Z
zēlotypus -a -um 26

64

Sed uiuor meminerim. uos rogo amici ut uobis suauit sit. na3 ego q̃q; tam fui qñ
uos estis. Sed uirtute mea ad hoc p̃ueni. corcillu3 est quod homies facit. cetera oĩ
quisquilia. bene emo. bene uendo. alius alia uobis dicet. Felicitate dissilio. Tu
aut sterteia ⁊ nu3 ploras. iam curabo fatu3 tuu3 plores. Sed ut ceperã dicere
ad hãc me fortuna3 frugalitas mea p̃duxit. tam magnus ex asia ueni q̃ hic
candelabrus est. ad suma quotidie me solebam ad illius men̄ura metiri. ⁊ ut celeri9
uſtru3 barbatus haberē labra de lucerna ungebam. ⁊ ad delicias femina ipsi9
mi d̃ni annos q̃tordecim fui. nec turpe est. quod d̃ñs iubet. ego tñ ⁊ ipsim̃
ae d̃ne satisfaciebam. scitis quid dicã. taceo q̃a nõ sum de gloriosis. sed q̃m
q̃admodu3 di uolueru̅t d̃ñs in domo factus sum. ⁊ ecce cepi ipsimi cerebellum.
quid multa cohered me cesari fecit. ⁊ accepit patrimoniu3 laticlauiu3. ne-
mini tñ nihil satis est. concupiui negociari. ne multis uos morer. quīq; na
ues edificaui. oneraui uinu3. ⁊ tūc erat cōtra auru3 misi roma3. puta-
res me hoc iussisse. omnes naues naufragaru̅t. factu3 nõ fabula. uno di
e neptun9 trecenties sestertiu3 deuorauit. putatis me defecisse? nõ me
hercules mi hec iactura gusti fuit. tamq̃ nihil facti. alteras feci maio-
res ⁊ meliores. ⁊ feliciores. ut nemo nõ me uiru3 forte3 diceret. scitis mag̃
na nauis magnã fortitudine habet. oneraui rursus uinu3 lardu3 fabas
seplasiu3 mancipia. hoc loco fortunata rem piã fecit. omne eni3 auru3 su
u3 omia uestimeta uendidit. ⁊ mi centu3 aureos in manu posuit. hoc fu
it peculij mei fermentu3. cito fio quod di uolunt. uno cursu centies sestertiu3
corrotundaui. statim redemi fundos omnes qui patroni mei fuerant. edifico
domu. uenalicia coemo iumenta. quicqd tangebã crescebat tamq̃ fauus. postq̃
cepi plus habere q̃ tota patria mea habet. manu de tabula sustuli me de negociati-
one. ⁊ cepi libertos fenerare. ⁊ sane nolente me negociu3 meu3 agere. exo
rauit mathematic9 qui uenerat forte in coloniã n̄ra3. greculio serapa no-
mine cõsiliator deoru3. hic mihi dixit ⁊ ea que oblitus erã ab aceta ⁊ acu mi
omia exposuit. intestinas meas nouerat. tātu3 q̃ nõ dixerat qd pdie cena
ueram. putasses illu3 semp mecu3 habitasse. rogo habina3 puto interfuisti
tu d̃nas tua de rebus illis fecisti. tu paru felix in amicos es. Nemo unq̃ tibi
parem gratiam refert. tu latifundia possides. tu uipera3 sub ala nutricas. ⁊ q̃
nobis nõ dixerim ⁊ nūc mi restare uite annos triginta ⁊ menses q̃tuor ⁊ di
es duos. preterea cito accipiã hereditate3. hoc mihi dicit fatus meus. quod si
contigerit fundos apulie iungere satis uiuus peruenero. interim du3 mercuri9
uigilat edificaui hanc domu ut scitis casula erat. nūc templu3 est. habet
quatuor cenationes. cubicula uiginti. porticus marmoratos duos. susu3 cel
lationem. cubiculu3 in quo ipse dormio. uipere hui9 sessoriu3. hostiarij cellam
bonã. hospiciu3 hospites capit. ad suma scauru3 cu3 huc uenit nusq̃ ma
luit hospitari. ⁊ habet ad mare paternu3 hospiciu3. ⁊ multa alia sunt que sta
tim uobis ostendã. credite mihi. assem habeas. assem ualeas. habes habeber
is. sic amicus noster qui fuit rana nūc est rex. interim stiche pfer uitalia

Codicis Traguriensis pars extrema (huius libri pag. 54–57):
Sed vivorum meminerimus – – – – –